m

阅读之前 没有真相

午 夜 文 库 ——————

阿加莎·克里斯蒂
赫尔克里·波洛系列

阿加莎·克里斯蒂
Agatha Christie (1890—1976)

无可争议的侦探小说女王，侦探文学史上最伟大的作家之一。

阿加莎·克里斯蒂原名为阿加莎·玛丽·克拉丽莎·米勒，一八九〇年九月十五日生于英国德文郡托基的阿什菲尔德宅邸。她几乎没有接受过正规的教育，但酷爱阅读，尤其痴迷于歇洛克·福尔摩斯的故事。

第一次世界大战期间，阿加莎·克里斯蒂成了一名志愿者。战争结束后，她创作了自己的第一部侦探小说《斯泰尔斯庄园奇案》。几经周折，作品于一九二〇年正式出版，由此开启了克里斯蒂辉煌的创作生涯。一九二六年，《罗杰疑案》由哈珀柯林斯出版公司出版。这部作品一举奠定了阿加莎·克里斯蒂在侦探文学领域不可撼动的地位。之后，她又陆续出版了《东方快车谋杀案》《ABC谋杀案》《尼罗河上的惨案》《无人生还》《阳光下的罪恶》等脍炙人口的作品。时至今日，这些作品依然是世界侦探文学宝库里最宝贵的财富。根据她的小说改编而成的舞台剧《捕鼠器》，已经成为世界上公演场次最多的剧目；而在影视改编方面，《东方快车谋杀案》为英格丽·褒曼斩获奥斯卡大奖，《尼罗河上的惨案》更是成为几代人心目中的经典。

阿加莎·克里斯蒂的创作生涯持续了五十余年，总共创作了八十余部侦探小说。她的作品畅销全世界一百多个国家和地区，累计销量已经突破二十亿册。她创造的小胡子侦探波洛和老处女侦探马普尔小姐为读者津津乐道。阿加莎·克里斯蒂是柯南·道尔之后最伟大的侦探小说作家，是侦探文学黄金时代的开创者和集大成者。一九七一年，英国女王授予克里斯蒂爵士称号，以表彰其不朽的贡献。

一九七六年一月十二日，阿加莎·克里斯蒂逝世于英国牛津郡沃灵福德家中，被安葬于牛津郡的圣玛丽教堂墓园，享年八十五岁。

阿加莎·克里斯蒂 侦探作品年表

波洛系列

1963 The Clocks《怪钟疑案》

1966 Third Girl《第三个女郎》

1969 Hallowe´en Party《万圣节前夜的谋杀》

1972 Elephants Can Remember《大象的证词》

1974 Poirot´s Early Stories《蒙面女人》

1975 Curtain—Poirot´s Last Case《帷幕》

马普尔小姐系列

1930 The Murder at the Vicarage《寓所谜案》

1932 The Thirteen Problems《死亡草》

1942 The Body in the Library《藏书室女尸之谜》

1943 The Moving Finger《魔手》

1950 A Murder Is Announced《谋杀启事》

1952 They Do It with Mirrors《借镜杀人》

1953 A Pocket Full of Rye《黑麦奇案》

1957 4.50 from Paddington《命案目睹记》

1962 The Mirror Crack´d from Side to side《破镜谋杀案》

1964 A Caribbean Mystery《加勒比海之谜》

1965 At Bertram´s Hotel《伯特伦旅馆》

1971 Nemesis《复仇女神》

1976 Sleeping Murder《沉睡谋杀案》

1979 Miss Marple´s Final Cases《马普尔小姐最后的案件》

其他系列及非系列

1922 The Secret Adversary《暗藏杀机》

1924 The Man in the Brown Suit《褐衣男子》

1925 The Secret of Chimneys《烟囱别墅之谜》

1929 Partners in Crime《犯罪团伙》

1929 The Seven Dials Mystery《七面钟之谜》

1930 The Mysterious Mr. Quin《神秘的奎因先生》

1931 The Sittaford Mystery《斯塔福特疑案》

1933 The Witness for the Prosecution and Other Stories《控方证人》

1934 Why Didn´t They Ask Evans?《悬崖上的谋杀》

阿加莎·克里斯蒂 侦探作品年表

出版前言

纵观世界侦探文学一百七十余年的历史，如果说有谁已经超脱了这一类型文学的类型化束缚，恐怕我们只能想起两个名字——一个是虚构的人物歇洛克·福尔摩斯，而另一个便是真实的作家阿加莎·克里斯蒂。

阿加莎·克里斯蒂以她个人独特的魅力创造着侦探文学史上无数的传奇：她的创作生涯长达五十余年，一生撰写了八十余部侦探小说；她开创了侦探小说史上最著名的"黄金时代"；她让阅读从贵族走入家庭，渗透到每个人的生活中；她的作品被翻译成一百多种文字，畅销全球一百五十余个国家，作品销量与《圣经》《莎士比亚戏剧集》同列世界畅销书前三名；她的《罗杰疑案》《无人生还》《东方快车谋杀案》《尼罗河上的惨案》都是侦探小说史上的经典；她是侦探小说女王，因在侦探小说领域的独特贡献而被册封为爵士；她是侦探小说的符号和象征。她本身就是传奇。沏一杯红茶，配一张躺椅，在暖暖的阳光下读阿加莎的小说是一种生活方式，是惬意的享受，也是一种态度。

午夜文库成立之初就试图引进阿加莎的作品，但几次都与版权擦肩而过。随着午夜文库的专业化和影响力日益增强，阿加莎·克里斯蒂的版权继承人和哈珀柯林斯出版公司主动要求将版权独家授予新星出版社，并将阿加莎系列侦探小说并入午夜文库。这是对我们长期以来执着于侦探小说出版的褒奖，是对我们的信任与鼓励，更是一种压力和责任。

　　新版阿加莎·克里斯蒂作品由专业的侦探小说翻译家以最权威的英文版本为底本，全新翻译，并加入双语作品年表和阿加莎·克里斯蒂家族独家授权的照片、手稿等资料，力求全景展现"侦探女王"的风采与魅力。使读者不仅欣赏到作家的巧妙构思、离奇桥段和睿智语言，而且能体味到浓郁的英伦风情。

　　阿加莎作品的出版是一项系统工程，规模庞大，我们将努力使之臻于完美。或存在疏漏之处，欢迎方家指正。

新星出版社

午夜文库编辑部

Agatha Christie

Over the next few years, we plan to celebrate two very important Agatha Christie anniversaries. In 2015, it is the 125th anniversary of her birth in Torquay, South Devon, England, and in 2020 it will be 100 years after her first book, THE MYSTERIOUS AFFAIR AT STYLES, featuring her famous detective, Hercule Poirot, was published. This is therefore a very appropriate moment to publish a new edition of her works, and I am delighted that HarperCollins has chosen to work with New Star on these new editions. New Star is China's top crime publisher, and has a strong and dedicated editorial staff and a continued passion for Agatha Christie, making them the ideal partner. It is the right time to make these classic books available in modern translations and so to bring Agatha Christie's books anew to her many fans in China, giving them a new reason to re-read these much-loved stories, as well as introducing them to a whole new audience. How delighted Agatha Christie would have been that her stories (as she called them) are still giving so much pleasure to so many people all over the world!

I think there are two very remarkable things about Agatha Christie's stories. The first is that they are so adaptable. It doesn't really matter which language they appear in, the stories and the plots still give the same thrill, still provide the same puzzles, and the characters still have the same attraction. Readers in China will I am sure enjoy Hercule Poirot and Miss Marple just as much as we do in England, and readers in China will still be transfixed by the surprises and horrors of AND THEN THERE WERE NONE, one of the great classics of 20th century detective fiction, as we are here.

Agatha Christie

The second is that the stories give a wonderful picture of England, particularly rural England, at the time Agatha Christie lived. She wrote books from 1920 until 1970 but it is sometimes hard to tell which part of her life each book was written in. Her characters and the life they lived were very much the same. The life we all live is changing very quickly these days but "the Agatha Christie world" stays the same. Perhaps the Miss Marple stories provide the best example of this, and in some ways, THE BODY IN THE LIBRARY and NEMESIS are quite similar, despite the fact that thirty years elapsed between the time they were written.

Perhaps I might end by mentioning three Agatha Christies (other than the ones mentioned above) which I think demonstrate why she is so popular, even in the twenty-first century. The first is MURDER ON THE ORIENT EXPRESS, one of the most famous with one of the most ingenious and human plots. Read this on one of your long train journeys in China! Next is A MURDER IS ANNOUNCED, a Miss Marple which was her 50th book. It has my favourite murderer in it! And last is ENDLESS NIGHT a story about evil and how it affects three young people, written at the time when I knew her best, and understood how deeply she cared and sympathised with young people and the world they lived in.

Whichever are your favourites I hope you enjoy these stories that New Star are introducing to you again. I think it is a great publishing event.

Mathew Prichard

Grandson of Agatha Christie
Chairman of Agatha Christie Ltd

致中国读者

(午夜文库版阿加莎·克里斯蒂作品集序)

在未来的几年中，我们将要筹备两个非常重要的关于阿加莎·克里斯蒂的纪念日。二〇一五年是她的一百二十五岁生日——她于一八九〇年出生于英国的托基市；二〇二〇年则是她的处女作《斯泰尔斯庄园奇案》问世一百周年的日子，她笔下最著名的侦探赫尔克里·波洛就是在这本书中首次登场。因此，新星出版社为中国读者们推出全新版本的克里斯蒂作品正是恰逢其时，而且我很高兴哈珀柯林斯选择了新星来出版这一全新版本。新星出版社是中国最好的侦探小说出版机构，拥有强大而且专业的编辑团队，并且对阿加莎·克里斯蒂的作品极有热情，这使得他们成为我们最理想的合作伙伴。如今正是一个良机，可以将这些经典作品重新翻译为更现代、更权威的版本，带给她的中国书迷，让大家有理由重温这些备受喜爱的故事，同时也可以将它们介绍给新的读者。如果阿加莎·克里斯蒂知道她的小故事们（她这样称呼自己的这些作品）仍然能给世界上这么多人带来如此巨大的阅读享受，该有多么高兴啊！

我认为阿加莎·克里斯蒂的作品有两个非常重要的特征。首先它们是非常易于理解的。无论以哪种语言呈现，故事和情节都同样惊险刺激，呈现给读者的谜团都同样精彩，而书中人物的魅力也丝毫不受影响。我完全可以肯定，中国的读者能够像我们英国人一样充分享受赫尔克里·波洛和马普尔小姐带来的乐趣；中国读者也会和我们一样，读到二十世纪最伟大的侦探经典作品——比如《无人生还》——的时候，被震惊和恐惧牢牢钉在原地。

第二个特征是这些故事给我们展开了一幅英格兰的精彩画卷，特别是阿加莎·克里斯蒂那个年代的英国乡村。她的作品写于二十世纪二十年代至七十年代间，不过有时候很难说清楚每一本书是在她人生中的哪一段日子里写下的。她笔下的人物，以及他们的生活，多多少少都有些相似。如今，我们的生活瞬息万变，但"阿加莎·克里斯蒂的世界"依旧永恒。也许马普尔小姐的故事提供了最好的范例：《藏书室女尸之谜》与《复仇女神》看起来颇为相似，但实际上它们的创作年代竟然相差了三十年。

最后，我想提三本书，在我心目中（除了上面提过的几本之外）这几本最能说明克里斯蒂为什么能够一直受到大家的喜爱。首先是《东方快车谋杀案》，最著名，也是最机智巧妙、最有人性的一本。当你在中国乘火车长途旅行时，不妨拿出来读读吧！第二本是《谋杀启事》，一个马普尔小姐系列的故事，也是克里斯蒂的第五十本著作。这本书里的诡计是我个人最喜欢的。最后是《长夜》，一个关于邪恶如何影响三个年轻人生活的故事。这本书的写作时间正是我最了解她的时候。我能体会到她对年轻人以及他们生活的世界关心至深。

现在新星出版社重新将这些故事奉献给了读者。无论你最爱的是哪一本，我都希望你能感受到这份快乐。我相信这是出版界的一件盛事。

阿加莎·克里斯蒂外孙

阿加莎·克里斯蒂有限责任公司董事长

马修·普理查德

二〇一三年二月二十日

阿加莎·克里斯蒂侦探作品集⑲

高尔夫球场命案
The Murder on the Links

[英] 阿加莎·克里斯蒂 著

张乐敏 译

新 星 出 版 社　NEW STAR PRESS

献给我的丈夫
一个热爱侦探小说的人
感谢他给予我大量有益的批评和建议

目 录

目 录

第一章 旅伴

我相信有这么一个众所周知的趣闻：一名年轻的作家若想让他的故事足够新颖独特，以便抓住那些麻木不仁的编辑的眼球，会写下这样的句子：

"'该死！'伯爵夫人说。"

说来也怪，我要讲的这个故事也以类似的句子开头，只是发出这句惊叹的不是伯爵夫人罢了。

那是六月初的一天，我在巴黎刚处理完一些事务，乘早班车赶回伦敦——我仍然跟老朋友、比利时退休警探赫尔克里·波洛合租一间公寓。

开往加来①的列车空得离奇——我所在的车厢只有我和另外一名乘客。我离开旅馆时有些匆忙，正忙着检查行李是否带齐的时候，火车就开了。在此之前，我几乎没注意到同车厢还有个旅伴。但现在我强烈感觉到了她的存在——她从座位上跳起来把窗子放下，把头探到外面，不一会儿又缩回车厢内，狠狠地爆了句短促的粗口："该死！"

①法国重要港口，有跨海到英国的客运与邮运。

我是一个很守旧的人，认为女人就应该有女人样儿。我不能容忍那些神经质的女孩，整天吵吵闹闹、吞云吐雾，说着连比林斯门① 卖鱼的妇女听着都脸红的话。

我微微皱起眉头，抬头看到一张美丽而率性的面庞。她头戴一顶小红帽，两鬓浓密的黑色鬈发遮住了耳朵。我猜测她不超过十七岁，但她脸上抹着厚厚的脂粉，嘴唇涂得不能再红了。

对于我投来的目光，她一点儿也不感到难为情，反而回了我一个表情丰富的鬼脸。

"哎呀，我们可把这位善良的绅士吓坏了！"她一本正经地对自己臆造的观众说，"我为我所说的、非常不淑女的那些话道歉。不过，天哪，那是有原因的！你知道吗？我唯一的妹妹不见了。"

"真的？"我礼貌地说，"真不幸！"

"他看不上我们，"她补充说，"对我妹妹和我，他完全看不上——这不公平，因为他压根儿没见过我妹妹。"

我刚想说话，但她抢先一步。

"别多嘴！没人爱我！我真想在地上挖个洞钻进去。噢，我的心都碎了。"

她躲在一张大的法国连环画报后。过了一两分钟，我发现她把头伸到报纸上方偷偷打量我。我禁不住笑了笑。她马上把报纸扔到一边，开心地大笑起来。

"我就知道你不像看起来那么笨。"她大叫道。

她的笑声如此富有感染力，虽然我有点介意她说我笨，但还是忍不住笑起来。

---

① 位于伦敦的一个鱼市。

"嗯，我们现在是朋友了！"这个疯丫头宣布，"快说你对我妹妹的事很难过——"

"我很难过！"

"真是个好孩子！"

"让我把话说完。我还想说，虽然我很难过，但见不到你妹妹我也过得很好。"我微微屈身行了个礼。

而这位最令人难以捉摸的姑娘皱起眉，摇了摇头。

"停！我宁愿看你那看不惯人的样子。哦，看你那张脸，就是在说'我们不是一类人'。这一点没错，尽管，你瞧，如今真假难辨，不是谁都能分辨出公爵夫人来。怎么样，我想我又让你震惊了！你可真是个老古板，不过再多几个你这样的我也不介意。我只是恨那种厚颜无耻的家伙，这会令我发疯的。"

她很有活力地摇摇头。

"你发起疯来会是什么样子？"我笑着问道。

"一个标准的小魔鬼，不管自己说什么还是做什么。有一次我差点宰了一个小伙子。没错，是真的。不过他也是罪有应得。"

"哎呀，"我请求道，"可别对我发疯啊。"

"不会的，我喜欢你——第一眼就喜欢上你了。可你一脸的不满意，我觉得我们永远也做不成朋友。"

"哦，我们已经是朋友了。跟我说说你吧。"

"我是个演员。不，不是你想的那种。我六岁的时候就已经在板子上翻跟斗了。"

"抱歉，你说什么？"我迷惑不解地问。

"你没见过儿童杂技演员吗？"

"哦，我知道了！"

"我在美国出生，可大部分时间都在英国度过。我们现在有了个新的表演节目——"

"我们?"

"我和我妹妹。唱歌跳舞啊,还有顺口溜表演,再加上一些老节目。这是个非常新的想法,而且每次都能打动观众,会赚到很多钱的……"

我的这位刚刚认识的朋友向前探过身子,滔滔不绝地大谈特谈,其中很多词我都听得云里雾里的。然而我发现自己对她越来越感兴趣。她身上奇妙地兼备了孩子和女人的特质,聪明、有能力,正如她自己所说的那样,也能照顾自己,可她对生活坚定的态度,以及全心全意要"过上好日子"的意志,却出奇的坦率。

我们的火车经过亚眠①,这地方勾起了我的很多回忆。我的同伴似乎凭借直觉就知道我脑子里在想什么。

"在想战争吗?"

我点点头。

"我猜,你经历过?"

"差不多。我受过伤,因此退役了。我现在是一位议员的私人秘书。"

"啊!那得头脑聪明才行!"

"不,不用。基本上没什么事可做。通常每天只需要做两个小时。这工作很枯燥,说实在的,要是没有别的兴趣来打发时间,我可真不知道该怎么办才好。"

"别说你收集昆虫!"

"不。我跟一个很有意思的人合住。他是比利时人,是个'前'侦探。他在伦敦当私家侦探,做得非常出色。他真的是个

---

① 法国北部城市。

4

非常了不起的小个子男人。有好几次警察办案失败了，而事实证明他是正确的。"

我的同伴睁大眼睛聆听着。

"很有趣，不是吗？我很喜欢犯罪故事，只要有侦探的电影，我一定去看，而且还会全神贯注地阅读报纸上的谋杀案报道。"

"你记得斯泰尔斯庄园案①吗？"

"我想想……是不是有个老妇人被毒死了？在埃塞克斯的某个地方？"

我点点头。

"那是波洛办的第一件大案子。要不是他，凶手就会逍遥法外的。那可是件精彩绝伦的案子。"

我越说越带劲，把整个事件从头说起，一直说到最后的胜利和出其不意的大结局。

女孩听得着了迷，结果，我们两人都全神贯注于这个案子，连火车驶入加来站都没发现。

我叫了两个搬运工，然后我们下车来到站台上。

我的同伴伸出手。

"再见。以后我会注意自己的言行的。"

"哦，不过你总要让我在船上照顾你吧？"

"也许不上船了，要看我妹妹是否在哪个地方上了船。不过还是要谢谢你。"

"哦，但我们肯定还会见面的，对吧？你都不告诉我你的名字吗？"她转身离开后我大喊道。

她回过头。

---

① 波洛系列的首部小说（新星出版社 2013 年 3 月出版）。

5

"灰姑娘。"她笑着说。

可我想不出何时以及怎样才能再次见到这位灰姑娘!

第二章 一封求救信

第二天早上九点五分，我走进我们两人共用的客厅吃早饭。我的朋友波洛，一如平时那样分秒不差地敲着他的第二个鸡蛋壳。

我进来时，他笑容满面地望着我。

"睡得不错，对吧？从可怕的横跨大洋旅行中恢复过来没有？今天早上你这么准时来吃饭可真是个奇迹。抱歉，可你的领带没系好，让我帮你整理一下吧。"

我在其他书里已经描述过赫尔克里·波洛了——一个非凡的小个子男人。他身高五英尺四英寸，椭圆形的脑袋微微地偏向一边，一兴奋两眼就发出绿光；两撇军人式的僵硬的胡须，散发出一种强大庄严的气场。他外表整洁又时髦，热情十足地追求着各种形式的整洁，看到装饰品摆放得不端正或者有一丁点灰尘，或者别人的衣着略微有些不整齐，这个小个子男人就会备受折磨，非得把问题纠正过来心情才能舒畅。他信奉"秩序"和"方法"，蔑视那些有形的证据，比如脚印和烟灰，认为这些东西绝不会帮侦探解决问题。然后他会带着可笑的自鸣得意的神情敲敲自己椭圆形的脑袋，十分满意地说道："真正的工作，是在这里面完成的，这些小小的灰色脑细胞——永远都不能忘了这些小小的灰色脑细胞，我的朋友！"

我滑到自己的座位上，懒散地回答波洛的问候说，从加来到多弗①一个小时的航海旅程，很难用"可怕"这种词语来形容。

"有没有收到什么有趣的信？"我问道。

波洛不满地摇摇头。

"我还没查看，可如今已经没有什么有趣的事情了。重大的案犯和犯罪方式都不存在了。"

他沮丧地摇摇头，于是我大笑起来。

"振作点，波洛，会时来运转的。看看信吧，没准很快就会有大案子了。"

波洛微微一笑，拿起他那干净的小小裁纸刀，裁开放在餐盘旁边的几个信封。

"账单。还是账单。我年纪越大越奢侈了。啊哈！杰普的便条。"

"哦？"我竖起耳朵，这位伦敦警察厅的警督曾经多次给我们带来有趣的案子。

"他只不过是谢谢我（用他自己的方式），在阿伯里斯特威斯②一案中给他的一些小小的指正。我很高兴能帮到他。"

波洛继续平静地读着那些信件。

"有人建议我给本地的童子军讲一堂课。福法诺克伯爵夫人说如果我能去见她，她将不胜感激。毫无疑问又是一条宠物狗！最后一封，啊——"

我立刻觉察到他语气的变化，不禁抬起头来。波洛正聚精会神地读着信，片刻之后，他把信扔给我。

---

①英国东南部港口城市。
②英国港口城市。

"这有些不寻常，我的朋友。你自己读读吧。"

信写在一张外国纸上，粗体字，很有特点。

亲爱的先生：

　　我需要一位侦探的帮助，然而下面的一些原因让我并不想打电话给警方。我多方打听过您，所有的反馈都表明您不仅拥有卓越的能力，而且出了名地谨慎。我不想在信中叙述细节，但是，我因为掌握了某个秘密而终日为自己的性命担心。我确信自己即将大难临头，所以恳请您立刻渡海赶往法国。如果您发电报告知我抵达时间，我会派车去加来接您。倘若您能放下手上所有案子，而致力于办理我的委托，我将万分感谢，并准备支付一切必要的补偿。我可能需要占用您相当长的一段时间，因为如有必要您还得去一趟圣地亚哥，我曾在那里待过几年。一切费用都由您来定夺。

　　再次说明事态十分紧急。

您忠实的
P.T. 雷诺
法国梅林维尔郡梅尔村热纳维耶芙别墅

签名下面还有一行潦草、难以辨认的字迹："快点来吧！"

我把信还回去，激动得心跳加速。

"终于啊！"我说，"终于有非比寻常的事情了！"

"没错，确实。"波洛若有所思地说。

"你一定会去的。"我接着说。

波洛点点头，陷入沉思之中。最后，他似乎打定主意，然后看了一眼钟表，表情严肃。

"你瞧，我的朋友，事不宜迟。欧陆快车一点钟驶离维多利亚，别激动，有的是时间。我们可以先讨论上十分钟。你会陪着我的，对吗？"

"这个……"

"你跟我说过，未来几个星期你的老板都不需要你。"

"哦，那没关系。但是这个雷诺先生强烈地暗示说他的事情属于个人隐私。"

"得了吧，我会说服雷诺先生的。顺便问一下，你好像知道这个名字？"

"南美有个著名的百万富翁，就叫雷诺。我不知道是否是同一个人。"

"毫无疑问。这就可以解释为什么在信中提到了圣地亚哥。圣地亚哥在智利，而智利就在南美洲！啊，我们进展顺利！你注意到那条附言了吗？有什么感觉？"

我考虑了一下。

"显然，他写信的时候很克制，但是到最后还是失控了，一时冲动就草草地写了这四个字。"

我的朋友却有力地摇摇头。

"你错了。你没看到签名的墨水很黑，而附言的颜色却很淡？"

"那又怎么了？"我迷惑地问。

"我的天哪，朋友，可否用用你那灰色的小小脑细胞？这还不明显吗？雷诺先生写信之后，没有用吸墨纸吸干，而是仔细地读了一遍。然后，并非一时冲动，而是审慎地加上了最后这句话，最后用吸墨纸吸干。"

"可这是为什么呢？"

"哎呀！就是为了让我产生你那样的想法啊！"

"什么？"

"但是——这是为了确保我能过去！他读完信之后并不满意，因为语气不够强烈！"

他顿了顿，两眼发出预示着内心激动的绿光，然后轻轻地补充道："所以，我的朋友，既然附言是后来加上去的，不是一时冲动，而是十分冷静，那么事情一定非常急迫，我们必须尽快去他那儿。"

"梅林维尔郡，"我若有所思地咕哝道，"我想我听过这个地方。"

波洛点点头。

"地方很小——却很别致！位于布洛涅①和加来中间。我想，雷诺先生在英国有房子吧？"

"是的，我记忆中是在拉特兰门②。他在乡下还有一幢大房子，在哈福郡③的某个地方。不过我对他知之甚少，他不怎么参加社交活动。我认为他在南美洲的城市里拥有巨大的财富，并且大部分时间都待在智利和阿根廷。"

"好吧，他会告诉我们详情的。我们收拾行李去吧。每人带一个小手提箱，然后坐出租车，去维多利亚。"

十一点钟，我们从维多利亚出发去往多弗。走之前，波洛给雷诺先生发了个电报，告诉他我们到达加来的时间。

"真让我惊讶，波洛，你居然没买几瓶晕船药。"我想起早餐时他对我说的话，于是不怀好意地说。

---

①法国北部港口城市。
②英格兰郡名。
③位于英格兰东南部。

我的朋友正焦虑地查看天气，转过脸来责备地看着我。

"你不记得拉维盖尔发明的奇妙方法了吗？我经常按他说的练习。如果你还记得的话——人要保持平衡，只需将头部从左转向右，保持呼吸，吸气和吐气中间数六下。"

"嗯，"我表示反对，"如果你去圣地亚哥或布宜诺斯艾利斯，或者其他的登陆地点，这种平衡自己和反复数六下的方法会让你厌倦不已的。"

"什么！你不会以为我要去圣地亚哥吧？"

"雷诺先生的信上曾提到这个地方。"

"他不了解赫尔克里·波洛是怎么办案的。我才不会到处乱跑，长途旅行，搞得自己焦虑不安。我的工作是在这里面——这儿——做的。"他意味深长地敲敲额头。

如往常一样，这句话激起了我辩论的欲望。

"这没什么错，波洛，但我觉得你渐渐习惯于轻视某些东西了。有时候，一枚指纹可以协助警方将凶手逮捕定罪。"

"也一定害死了不止一个无辜的人。"波洛冷淡地说。

"不过，研究指纹、足迹、烟灰、不同种类的泥土，以及其他对细节仔细观察得到的线索——这些都非常重要吧？"

"当然，我没说这些不重要。训练有素的侦察员和专家毫无疑问是有用的，不过还有另外一些赫尔克里·波洛一样的人，他们的地位在专家之上！专家把事实陈述给他们，而他们分析犯罪方法、做出逻辑推演、确定事件发生的正确顺序；最重要的是，犯罪的真实心理。你猎过狐狸吧？"

"我偶尔会去打猎。"我说，为他忽然改变话题感到不解，"怎么了？"

"噢，猎狐狸需要带狗吧？"

"是猎犬。"我轻轻纠正他，"是的，当然。"

波洛向我摇起手指。"但是，你不会下马在地面上奔跑，用鼻子去嗅兽迹，还汪汪大叫吧？"

我忍不住大笑。波洛满意地点点头。

"这就对啦。你知道把猎犬的工作留给猎犬，可是你却要我赫尔克里·波洛当傻瓜，躺在地上（甚至是湿草地上）研究假想的足迹，或者去捡那些我自己也不知道有什么区别的烟头。记得普利茅斯快车疑案吗？杰普去铁轨上勘察，他回来后，尽管我完全没离开公寓，却能准确地说出他发现了什么。"

"你是认为杰普是在浪费时间？"

"一点儿也不，他的证据可以证实我的理论。但是要让我亲自去找那就真是浪费时间了。所谓专家也是如此。记得卡文迪什案①的笔迹鉴定问题吗？有一位顾问调查的结果证明了相似的地方，被告却提出证据，指出有差异的地方。用语都很技术化，结果呢？答案我们一开始就知道。笔迹和约翰·卡文迪什写的很相似。研究心理学的人会想到一个问题：为什么？真是他写的，还是有人要我们相信如此？我回答了这个问题，我的朋友，而且答对了。"

波洛满意地靠在椅子上休息了。他就算没说服我，至少封住了我的嘴。

在船上，我知道最好不要打扰我的朋友。天气宜人，风平浪静，所以波洛能微笑着跟我一起在加来下船，我丝毫也不吃惊。可等待我们的却是一场失望。没有车过来接我们，但是波洛把这归结为他的电报延误了。

---

① 即前文提到的斯泰尔斯庄园案。

13

"我们可以雇辆车。"他爽朗地说。几分钟之后，我们就坐上了一辆租来的破烂不堪的汽车，颠簸着，吱吱嘎嘎地驶向了梅林维尔。

我的兴致极其高昂，可我那小个子朋友却严肃地看着我。

"你的状态就是苏格兰人口中的'恶兆'。黑斯廷斯，这可是灾难的预兆啊。"

"胡说。不管怎样，你无法体会我的感受。"

"是不能。我很担心。"

"担心什么？"

"我不知道，可我有种预感——难以言说。"

他说得如此严峻，我不由得也深受影响。

"我有种感觉，"他缓缓地说，"这是个大案子——冗长、麻烦又不容易解决。"

我还想再问，但这时车子已经来到了梅林维尔小镇。我们放慢速度，询问去热纳维耶芙别墅怎么走。

"一直往前走，先生，穿过镇子。热纳维耶芙别墅在另外一头，差不多有半英里。不会找不到路的，那可是一幢临海的大别墅呢。"

我们谢过指路人，继续向前开，把小镇远远撇在身后。在一个岔路口前，我们再次停下车。一个农夫拖着沉重的脚步朝我们走过来，于是我们等他走近些再问路。路边有一幢小小的别墅，可是看起来又简陋又破败，不像是我们要找的那幢。就在我们等待时，大门开了，一个女孩走了出来。

农夫从我们身边经过的时候，司机从座位上探出身向他问路。

"热纳维耶芙别墅？顺着这条路右边走几步就是，先生，要不是这条弯路，你们就能看到它了。"

14

司机谢过他，重新发动了车子。那个女孩仍然站在那儿，一只手搭在门上，注视着我们。我看得入了迷。我可是个美好事物的爱慕者，而她美得让任何人都无法视而不见。她身材高挑，身姿如女神般优美，一头金发在阳光中熠熠生辉。我发誓她绝对是我平生见过的最美的女孩。我们摇摇晃晃地驶入崎岖不平的道路时，我还扭过头去看她。

"天哪，波洛，"我大声说道，"你看到那个年轻的仙女没有？"

波洛抬了抬眉毛。

"开始了。"他嘀咕着，"你已经看到神仙了。"

"真是岂有此理，难道她不是吗？"

"也许吧，可我没注意。"

"你肯定注意到她了吧？"

"我的朋友，两个人对同一件事的看法很难相同。比如你，看到一个仙女，而我——"他犹豫了。

"怎么了？"

"我只看到一个眼神焦虑的女孩。"波洛一本正经地说。

这时车子来到一扇绿色的大门前，我们不约而同地惊叫一声。门前站着一位威风的警官，他伸出手挡住了我们的去路。

"不能过去，先生们。"

"可我们想见雷诺先生，"我喊出了声，"我们约好了的。这不是他的别墅吗？"

"是的，先生，但是——"

波洛探出身。

"但是什么？"

"雷诺先生今早被谋杀了。"

第三章 热纳维耶芙别墅

波洛立刻跳下车，激动得两眼发光。

"你说什么？谋杀？什么时候？怎么死的？"

警官挺直身子。

"我不能回答任何问题，先生。"

"没错，我理解。"波洛考虑了一下，"警察局局长一定在里面吧？"

"是的，先生。"

波洛掏出一张名片，在上面草草地写了几个字。

"这个，可否麻烦你立刻把这张名片交给局长？"

那人接过名片，转过头，吹了声口哨。随即一个同事走了过来，接过名片。几分钟之后，一个留着大胡子的矮胖男人急急忙忙来到门口。警官冲他敬了个礼，然后站在一旁。

"我亲爱的波洛先生，"警察局局长大喊道，"见到你真高兴。你来得可真是时候啊。"

波洛面露喜色。

"贝克斯先生，我也很高兴见到您。"他转向我，"这是我的一位英国朋友，黑斯廷斯上尉；这是卢西恩·贝克斯先生。"

警察局局长和我相互郑重地鞠躬致意，之后贝克斯先生立马又转向了波洛。

"老朋友，自从一九〇九年在奥斯坦德^①分别之后，我就没见过你了。你是否有能够帮助我们的线索？"

"你可能已经听说了。你知道我们是应邀而来的吧？"

"不知道。谁请你们来的？"

"死者。看样子他知道有人想要害他，很不幸，他的委托太迟了。"

"天哪！"那法国人忽然短促地叫了一声，"所以他预见到自己会被杀了！这么一来我们的推论就完全被颠覆了！先进来吧。"

他打开门，我们便向房子走过去。贝克斯先生继续说道："必须立刻告知地方预审法官阿尔特先生。他刚刚检查完犯罪现场，正准备审讯。"

"凶案发生在什么时候？"波洛问道。

"尸体是在今天上午九点钟被发现的，雷诺夫人和医生的证词都表明死亡时间应该是在凌晨两点左右。还是请进来吧。"

我们来到了通向别墅前门的台阶上，门厅里坐着另一名警官，看到局长就站了起来。

"阿尔特先生现在在哪儿？"后者问道。

"在客厅，先生。"

贝克斯先生打开门厅左边的一扇门，我们便走了进去。阿尔特先生和他的书记员正坐在一张大圆桌旁。我们进去之后，他们抬起头看了看。警察局局长为我们做了介绍，并说明了我们到此的原因。

法官阿尔特先生高高瘦瘦的，一双敏锐的黑眼睛，说话时习惯摸着修得很整齐的灰色胡须。壁炉旁边站着一位老人，背微

---

① 比利时西北部港口城市。

驼。局长介绍说他是杜兰德医生。

"太不寻常了，"局长说完之后，阿尔特先生说道，"你把那封信带来了吗，先生？"

波洛把信递给他，法官读了起来。

"唔，他说到有个秘密，可惜没说清楚。我们非常感激你，波洛先生。衷心希望你能协助我们进行调查。你还要回伦敦吗？"

"检察官先生，我打算留下来。我没能及时赶到，阻止委托人被谋害，但是我觉得自己在道义上有责任找出凶手。"

法官微微一鞠躬。

"这种情操令人深感敬佩。况且，雷诺夫人无疑也需要您继续帮助她。我们正在等巴黎安全局的吉劳德先生，我相信你和他两个人在调查中一定会精诚合作的。同时，希望你能赏光出席我的审讯。而且，无须我多说，如果你有任何需要，我们会随时提供帮助。"

"谢谢你，先生。目前我仍然一无所知，相信你也理解这一点。我完全不了解情况。"

阿尔特先生冲局长点点头，于是后者开始说了起来。

"今天早上，老仆人弗朗索瓦丝下楼准备工作，发现前门半开着。她顿时以为是进来小偷了，便走进餐厅查看，发现银餐具安然无恙地摆在那儿，于是她就没多想，觉得肯定是主人早起去散步了。"

"抱歉，先生，我打断一下，他经常在早上散步吗？"

"不，不是，但弗朗索瓦丝对英国人的看法就是这样的——很疯狂，随时都会做出一些莫名其妙的事情！年轻的女仆莱奥妮像平时那样去叫醒女主人，却惊恐地发现她被塞住嘴绑了起来。

而且几乎就在同一时间传来消息说发现了雷诺先生的尸体，从背后被刺了一刀。"

"在哪儿？"

"这是这个案子中最怪异的地方。雷诺先生脸朝下趴在一座打开的墓穴里。"

"什么？"

"没错。墓坑是新挖的，离别墅只有几码。"

"死了多久？"

杜兰德医生回答道：

"今天早上十点钟我检查了尸体，至少已经死了七个小时，也可能是十个小时。"

"唔，也就是在午夜到凌晨三点之间。"

"是这样。雷诺夫人的证词表明是凌晨两点之后，这样时间范围就缩小了。死者肯定是当即死亡的，并且不是自杀。"

波洛点点头，局长接着说：

"那些吓坏了的仆人赶紧给雷诺夫人解开了绳子。她处于极度虚弱之中，痛得几乎不省人事。似乎有两个戴面具的人闯进了卧室，塞住她的嘴巴并捆住了她，还强行绑走了她丈夫。这些情况都是我们从仆人那儿间接听来的。听到丈夫死亡的悲惨消息，她马上激动到了极点。杜兰德医生迅速赶了过来，给她开了镇静剂，因此我们还没能问她问题。不过她醒了之后肯定会平静些，可以经得起询问了。"

局长停了下来。

"那么，这房子里同住的人呢，先生？"

"有老仆人弗朗索瓦丝，她是管家，跟热纳维耶芙别墅的前任房主一起生活了很多年。还有两个年轻女孩，是一对姐妹，叫丹尼丝·乌拉尔德和莱奥妮·乌拉尔德，家就在梅林维尔，父母都是正派人。还有一个是雷诺先生从英国带回来的司机，可他度假去了。最后就是雷诺夫人和她儿子杰克·雷诺先生，现在他也不在家。"

波洛低着头，阿尔特先生叫道："马尔绍！"

警官出现了。

"把弗朗索瓦丝带过来。"

警官敬了个礼，离开了。不一会儿，他就带着惊恐不安的弗朗索瓦丝回来了。

"你叫弗朗索瓦丝·阿里舍？"

"是的，先生。"

"你在热纳维耶芙别墅帮佣很久了吗？"

"跟拉·维孔特斯夫人十一年了。今年春天她卖了别墅，我同意留下来伺候英国主人。没想到——"

法官打断了她的话。

"当然，当然。那么，弗朗索瓦丝，说到前门，晚上一般都是由谁负责锁门？"

"是我，先生，都是我亲自锁门。"

"昨天晚上呢？"

"跟平时一样锁上了。"

"你确定吗？"

"我以圣徒的名义发誓，先生。"

"什么时间？"

"和平常一样，十点半，先生。"

"房里的其他人呢，都去睡了吗？"

"夫人早就去休息了，丹尼丝和莱奥妮跟我一起上楼去了。

先生还在书房里。"

"那么，如果有人之后打开门，肯定是雷诺先生本人了？"

弗朗索瓦丝耸了耸宽宽的肩膀。

"他为什么要这么做？强盗和刺客随时都会经过的！亏您能想得出来！他不一定非要送那位女士出门的——"

法官严厉地打断了她。

"女士？你说的是哪位女士？"

"哦，来看他的那位女士。"

"昨晚有位女士过来看他？"

"是的，先生，之前晚上也常来。"

"她是谁？你认识吗？"

女仆的脸上现出一副狡猾的神情。

"我怎么知道她是谁？"她嘀咕着，"昨晚我可没开门让她进来。"

"啊哈！"法官大吼一声，拍了下桌子，"你是在玩弄警方吗？我命令你立刻告诉我昨天晚上拜访雷诺先生的那位女士的名字。"

"警方……警方……"弗朗索瓦丝嘟囔着，"我从没想过跟警方掺和在一起，不过我很清楚她是谁，她是多布罗尔夫人——"

警察局长大叫一声，身子向前探了探，极为惊讶。

"住在路边玛格丽特别墅的多布罗尔夫人？"

"我说的就是她，先生。哦，她可是个美人儿呢。"

老女仆轻蔑地甩了甩头。

"多布罗尔夫人，"局长咕哝着，"不可能。"

"瞧，"弗朗索瓦丝抱怨道，"这就是说实话的结果。"

"没关系，"法官安慰她说，"我们只是很吃惊，仅此而已。

21

那么，多布罗尔夫人和雷诺先生，他们是——"他微妙地顿了顿，"呃？肯定是这样了？"

"我怎么知道？可是你又会怎样想呢？先生，他是个英国绅士，非常有钱；而多布罗尔夫人很穷，虽然和女儿两人安静地生活着，可她很漂亮。她过去肯定很不寻常！虽然不年轻了，可是，真的，我亲眼见过她走在街上，男人都回头看她。而且最近她有钱了，花起钱来大手大脚的——全镇的人都知道。以前节衣缩食的日子结束了。"弗朗索瓦丝摇着头，仍旧是一副确凿无疑的样子。

阿尔特先生沉思地抚摸着胡子。

"那雷诺夫人呢？"他终于问道，"她怎么看这份——友谊？"

弗朗索瓦丝耸耸肩。

"她一向都很和蔼可亲，非常有礼貌，可以说她从来没怀疑过什么。不过心里还是会痛苦的，不是吗，先生？我看着夫人一天比一天苍白消瘦，跟一个月前搬来这儿时完全不一样了。先生也变了，也有他的烦恼。谁都能看出来他快要崩溃了，可有这样的外遇也难怪。不节制、不谨慎，毫无疑问这就是英国作风！"

我愤愤地坐在座位上，但是法官没理会这些不相干的事，继续问道："你说雷诺先生没有送多布罗尔夫人出门？那么她走了没有？"

"走了，先生。我听见他们走出书房，来到门口。先生道过晚安，就在她身后关上了门。"

"那是几点？"

"大约十点二十五分，先生。"

"你知道雷诺先生是什么时候上床休息的吗？"

"我听见他比我们晚十分钟上楼，这楼梯吱吱嘎嘎的，任何

22

人上下楼都能听得到。"

"就这些吗？夜间你有没有听到什么动静？"

"什么也没听见，先生。"

"早上是哪个仆人先下楼的？"

"是我，先生，我一下子就看见前门开了。"

"楼下其他几扇窗户呢？都锁着吗？"

"全锁着呢。没有可疑或者不寻常的地方。"

"好，弗朗索瓦丝，你可以走了。"

老女仆慢慢地走到门口，又回过头来。

"我得告诉你一件事，先生。那个多布罗尔夫人是个坏人！哦，没错，女人最了解女人。记住，她可不是个好人。"说完，她自作聪明地摇摇头，离开了房间。

"莱奥妮·乌拉尔德。"法官喊道。

莱奥妮流着眼泪出现了，而且近乎歇斯底里。阿尔特先生熟练地询问着。她证词的主要内容是如何发现女主人被塞住嘴、手脚被绑，说得相当夸张。跟弗朗索瓦丝一样，她夜间也没听到什么。

随后是她妹妹丹尼丝，她也认为男主人最近变了很多。

"他一天比一天忧郁，吃得很少，总是很沮丧的样子。"但是丹尼丝有自己的观点，"肯定是黑手党在跟踪他！两个戴面具的男人——还能是谁？这社会太可怕了！"

"当然，很有可能。"法官顺着她说道，"哦，好姑娘，昨天晚上是你开门让多布罗尔夫人进来的吗？"

"不是昨天晚上，先生，是前天晚上。"

"可是弗朗索瓦丝刚刚才说多布罗尔夫人昨晚在这儿的？"

"不，先生，昨天晚上是有一位女士来看雷诺先生，但不是多布罗尔夫人。"

法官吃了一惊，但仍坚称是她。但是这女孩立场坚定，说自己看得很清楚。虽然这位女士也是肤色略黑，但是更矮更年轻一些。无论怎样都无法改变她的陈述。

"你以前见过这位女士吗？"

"从没见过，先生。"接着，女孩胆怯地补充说，"但我想她是个英国人。"

"英国人？"

"是的，先生。她找雷诺先生的时候法语说得很熟练，但是有口音——多少能听出一点来。而且，他们从书房出来时说的是英语。"

"你有没有听见他们说些什么？我是说，你能听懂吗？"

"我英语说得很好，"丹尼丝自豪地说，"可那女士说得太快了，我听不太明白，不过先生给她开门时，我听懂了他说的最后一句话。"她停了一下，仔细而又吃力地复述道，"好，好，但是看在上帝的分上，现在就走吧！"

"好，好，但是看在上帝的分上，现在就走吧！"法官重复道。他打发走了丹尼丝，考虑了一会儿之后，又把弗朗索瓦丝叫了回来，问她是不是把多布罗尔夫人的拜访日期记错了，然而弗朗索瓦丝出人意料地固执，坚称昨天晚上来的就是多布罗尔夫人，毫无疑问。丹尼丝只是想博取关注而已，就是这样！所以她编造了一个陌生女士的故事，也是为了显摆自己的英语水平！也许先生从来没用英语说过那句话，而且，就算他说了，也证明不了什么，因为多布罗尔夫人的英语说得也非常棒，而且跟雷诺先生和夫人说话的时候都会用英语。"你瞧，杰克少爷，先生的儿子，也经常在这儿，他的法语就说得很糟糕。"

法官没有坚持再问，而是问起了司机的情况，继而了解到就在昨天，雷诺先生说他不太可能用车，马斯特斯先生还不如去度个假。

波洛困惑地皱起了眉头。

"怎么了？"我小声问道。

他不耐烦地摇摇头，问了个问题："抱歉，贝克斯先生，但是雷诺先生自己肯定会开车吧？"

局长看了弗朗索瓦丝一眼，老女仆迅速回答说："不，先生不会开车。"

波洛的眉头皱得更厉害了。

"我希望你能告诉我什么事这么困扰你。"我不耐烦地说。

"你看不出来吗？雷诺先生在信中提到会派车到加来接我。"

"没准儿他的意思是雇辆车。"我提示说。

"有可能是这样，可自己有车为什么还要雇车？为什么选昨天让司机去度假——很突然，而且要他马上离开？在我们到达之前他把司机打发走，是不是有什么原因？"

第四章 署名"贝拉"的信

弗朗索瓦丝离开了房间，法官若有所思地敲着桌子。

"贝克斯先生，"他终于开口了，"我们所听到的证词都是相互矛盾的，我们该相信谁，弗朗索瓦丝还是丹尼丝？"

"丹尼丝。"局长断然说道，"是她开门请来访者进来的。弗朗索瓦丝又老又顽固，而且很明显不喜欢多布罗尔夫人。而且，我们了解到的情况也表明，雷诺跟另一个女人有瓜葛。"

"哦！"阿尔特先生叫道，"我们忘了告诉波洛先生。"他在桌上的一堆文件里翻找着，最后找到一张纸，递给了我的朋友波洛，"这封信，波洛先生，我们是在死者的大衣口袋里发现的。"

波洛接过信，打开来。信纸有些破旧，皱巴巴的，是用英语写的，笔法很不成熟。

亲爱的：

为什么你这么久都没写信给我？你仍然爱我，对吗？最近你写的信跟从前大不相同，冷淡，奇怪，现在又毫无音信。这让我很担忧。如果你不爱我了怎么办！但这是不可能的——我真是个傻子，总爱胡思乱想！可如果你不爱我了，我不知道如何是好——也许我会自杀！没有你，我无法活下去。有时候我觉得我们中间也许还有一个女人，那就叫她小心点——你也是！如果你们在一起了，我会马上杀了你！我说到做到！

哦，我真是言过其实、胡言乱语。你爱我，我也爱你——是的，爱你，爱你，爱你！

爱着你的

贝拉

没有地址和日期，波洛一脸严肃地把信还给他们。

"那么你的推测是——"

预审法官耸耸肩。

"显然，雷诺先生跟这个叫贝拉的女人有牵连！来到这儿之后，他遇见了多布罗尔夫人，便偷偷跟她在一起，而冷落了另一个。因此她立刻起了疑心，这封信明显包含着威胁的意味。波洛先生，这案子乍看之下很简单，就是嫉妒。雷诺先生背部中了一刀，这明显是女人的作案手法。"

波洛点点头。

"从背后刺了一刀，是的——但坟墓的事不是这样！那可是个体力活儿，很艰难——女人可挖不了那个墓坑，先生。是个男人干的。"

局长兴奋地喊道：

"没错，你说得对。我们没想到这一点。"

"我说过，"阿尔特先生继续说道，"乍一看，案子很简单，但是戴面具的人，还有你从雷诺先生那里拿到的信，又让问题复杂起来。我们好像遇到了两种完全不同的情形，而两者之间又毫无联系。至于那封写给你的信，你认为指的是这个'贝拉'还有她的威胁吗？"

波洛摇摇头。

"不太可能。像雷诺先生这种人，曾经在人迹罕至的地方过着冒险式的生活，不太可能为了一个女人而寻求保护。"

预审法官用力点点头。

"我就是这么认为的。那我们必须查查他为什么会写这封信——"

"在圣地亚哥。"局长接了下去，"我立刻发电报给那个城市的警察，查询死者在那儿生活的全部情况，比如他的情史、业务往来、朋友以及可能结下的仇家。如果这样还找不到他神秘被杀的线索，那可就奇怪了。"

局长环视四周，看大家是否也这么想。

"太好了！"波洛表示赞许，又问，"在雷诺先生的遗物中，你有没有找到贝拉写的其他信件？"

"没有。我们第一步就搜查了他书房里所有的私人文件，但没发现什么特别的东西。一切好像都清清楚楚、光明正大，唯一不寻常的就是他的遗嘱。在这里。"

波洛浏览着文件。

"是这样。一千英镑的遗产给斯托纳先生——对了，他是谁？"

"雷诺先生的秘书。他留在了英国，曾经在周末的时候来过这儿一两次。"

"其他一切财产都无条件地留给他挚爱的妻子。遗嘱很简单，却绝对合法，由两个仆人作证，丹尼丝和弗朗索瓦丝。没有什么不寻常的地方。"他把遗嘱还了回去。

"也许，"贝克斯说，"你没注意到——"

"日期？"波洛眨眨眼睛，"没错，我注意到了。是两个星期前写的，也许那时候他第一次感觉到危险。很多有钱人从未想过自己会遇到不测，所以没有立下遗嘱就死了。然而这份遗嘱说明，尽管他和别的女人有私情，却是真心喜欢他妻子的。"

"是的，"阿尔特先生犹豫不定地说，"但可能这对他儿子有一点不公平，因为这将导致他必须完全依赖母亲。如果她再婚了，第二任丈夫又占据主动，那么这孩子就永远别想得到他父亲一分钱。"

波洛耸耸肩。

"男人是种自负的动物。雷诺先生肯定认为他的遗孀不会再嫁。至于儿子，把钱留给他妈妈未尝不是一种明智之举。有钱人的儿子一般都挥霍无度。"

"可能就像你说得那样。现在，波洛先生，你肯定想看一下案发现场。很抱歉，尸体已经被挪走了，不过我们从不同的角度都拍了照片，洗好之后马上拿给你看。"

"谢谢你的好意，先生。"

局长站起身来。

"跟我来，先生们。"

他打开门，非常有礼貌地向波洛一鞠躬，示意他先走。波洛也后退一步，向局长礼貌地鞠了一躬。

"先生，请。"

"您请，先生。"

最后他们走进门厅。

"那边的那个房间是书房，嗯？"波洛忽然问道，朝对面的门点点头。

"是的。你要看看吗？"局长边说边打开了门。我们一起走了进去。

雷诺先生为自己选的专用房间很小，布置得却很有品位，非常舒适。靠近窗户的位置是一张办公写字台，装有很多开放式的文件柜。壁炉对面是两张大皮质扶手椅，椅子中间放了一张圆桌，上面摆满了最新的书籍和杂志。

波洛在房间里站了一会儿，然后向前走了两步，一只手轻轻地摸了一下皮椅的椅背，从圆桌上拿起一本杂志，伸出一根手指小心翼翼地在橡木柜上画了一下，脸上露出非常赞许的表情。

"没有灰尘？"我笑着问道。

他冲我微微一笑，对我了解他的癖好表示赞赏。

"一粒灰尘也没有，我的朋友！这次反倒很遗憾。"

他那鸟儿般尖锐的眼睛扫来扫去。

"啊！"忽然，他用宽慰的语气说，"壁炉前面的地毯没摆正。"说罢，他弯下腰拉直。

突然，他惊呼一声，直起腰，手里拿着一小块粉红色的碎纸片。

"在法国和在英国一样，"他说，"仆人都不打扫毯子下面吗？"

贝克斯接过他手上的纸片，我也凑近了去看。

"你认得出来吗，嗯，黑斯廷斯？"

我困惑地摇摇头，不过那粉红色纸片的独特色调倒是十分眼熟。

局长的脑筋比我转得要快。

"支票的碎片！"他大声说。

这张纸大约两英寸见方，上面用墨水写着"杜维恩"。

"很好，"贝克斯说，"这张支票是开给一个叫杜维恩的人，或者是他开出的。"

"我觉得是前一种情况，"波洛说，"如果我没记错的话，这是雷诺先生的笔迹。"

跟桌上的一份备忘录比较过之后，这种说法很快得到了证实。

"天哪，"局长垂头丧气地嘟囔着，"真不敢相信我居然把这个给忽略了。"

波洛大笑。

"这件事教导我们每次都要查看毯子下面。我的朋友黑斯廷斯会告诉你们，任何东西，但凡有一点歪斜，对我来说都是一种折磨。我一看到那块壁炉毯子没摆正，就会对自己说：'啊，肯定是推椅子的时候被椅子脚钩住，弄歪了。也许下面有什么东西勤劳的弗朗索瓦丝没注意到。'"

"弗朗索瓦丝？"

"或者丹尼丝，要不就是莱奥妮，反正就是打扫这个房间的人。既然没有灰尘，那今天早上一定打扫过房间了。我来把事件重新组织一下。昨天，也许是昨晚，雷诺先生开了一张支票给一个叫杜维恩的人，后来支票被撕碎了，散落在地板上。今天早上——"

但是贝克斯先生已经性急地按响了铃声。弗朗索瓦丝应声而到。是的，地板上有很多碎纸。怎么处理的？当然是放进厨房的炉子里给烧了！不然呢？贝克斯做了个表示失望的手势，让她走了。接着，他脸上又露出了笑容，跑到写字台那里，把死者的支票簿翻找一气，又做了个失望的手势。最后一张票根是空白的。

"别泄气！"波洛喊道，拍拍他的背，"雷诺夫人一定会告诉我们这个叫杜维恩的神秘人是谁。"

局长的脸色由阴转晴。"没错，我们去问吧。"

当我们转身离开房间时，波洛随意地说道："昨天晚上雷诺先生是在这儿见客的吧，嗯？"

"是的，可你怎么知道？"

"是这个，我在皮椅的椅背上发现的。"他用大拇指和食指捏着一根长长的黑头发——女人的头发。

贝克斯先生带我们从房子的后门走出去，来到一个紧靠房子的放工具的小棚屋前面。他从口袋里掏出钥匙开锁。

"尸体就在这儿。你来之前我们刚把它从案发现场移过来，因为摄影师已经拍完照片了。"

他打开门，我们走了进去。被害人躺在地上，身上盖着一张床单。贝克斯先生手脚麻利地揭开盖尸布。雷诺，中等身材，瘦且单薄，大约五十岁，深色的头发中夹杂着不少银发，脸刮得很干净，鼻子细长，两眼间距很近，深古铜色皮肤，是那种绝大多数时间都生活在热带天空下的人的肤色。嘴唇向后缩了起来，露出了牙齿，死灰色的脸上呈现出一种极其惊愕和恐惧的表情。

"看他的脸就知道是被人从背后刺了一刀。"波洛说道。

他轻轻地把尸体翻过来。在肩胛骨中间有一块黑色的圆斑，弄脏了黄褐色的大衣。衣服中间有一条裂缝。波洛严密地查看着。

"你知不知道凶器是什么？"

"就留在伤口中。"局长把手伸进一个大玻璃缸中，里面有个小东西，在我看来，更像是一把裁纸刀。黑色的刀柄，刀口又窄又亮，总长度超不过十英寸。波洛用指尖小心翼翼地试了试已经变了色的刀尖。

"哎哟，真锋利啊！好方便的杀人小工具！"

"可惜我们在上面找不到任何指纹。"贝克斯遗憾地说，"凶手一定戴着手套。"

"当然戴着。"波洛不屑地说，"就算圣地亚哥人也知道这一点，连一个绝对外行的英国小姐也知道——这真是多亏了报纸对贝蒂荣识别法①的大力推广。不过，没有指纹我仍然很感兴趣。留下别人的指纹简直简单之至！这样一来警方就该高兴了。"他摇摇头，"我很担心我们的凶手不是个讲究方法的人，或者是他时间紧迫。不过这些以后再说吧。"

波洛把尸体弄回原来的姿势。

"我看到他大衣里面只穿了内衣裤。"他说。

"是的，法官也觉得很古怪。"

就在这时，贝克斯关好的门上传来叩击声。他大步走向前，开了门。是弗朗索瓦丝。她带着残忍的好奇心，正朝房间里面偷偷打量着。

"呃，怎么了？"贝克斯不耐烦地问。

"是夫人，她让我带个口信说她好多了，准备好见预审法官了。"

"好，"贝克斯先生干脆地说道，"通知阿尔特先生，并告诉他我们马上就到。"

波洛回头看着尸体，逗留了片刻。我还以为他会对尸体表示歉意，并大声宣布他会竭尽全力找到凶手。可他开口说话时，内容既平淡又别扭，在当时肃穆的气氛下显得十分不得体。

"他穿的大衣很长啊。"他反常地说道。

---

①阿方斯·贝蒂荣(Alphonse Bertillon，1853—1914)，曾是巴黎警察机构罪犯识别部门的负责人。他发明了一种被称为人体测定学或"贝蒂荣识别法"的罪犯识别系统，包括一系列细致的身体测量。至今，全球的警界仍公认他为"指纹鉴定之父""西方刑侦技术的鼻祖"。

第五章 雷诺夫人的说法

我们发现阿尔特先生正在门厅里等着我们，便一起上了楼。弗朗索瓦丝在前面给我们带路。波洛在楼梯上走着"Z"字形，这令我很费解。后来，他苦着脸对我小声说："怪不得仆人能听见雷诺先生上楼，每块木板都吱嘎作响，死人也会被吵醒的！"

到了楼梯顶端，有一条小小的岔路。

"是仆人的房间。"贝克斯解释说。

我们沿着走廊继续向前走，然后弗朗索瓦丝敲了敲右边的最后一扇门。

里面一个微弱的声音叫我们进去。这是一间宽敞、光线充足的房间，对面四分之一英里外则是波光粼粼的碧蓝大海。

一个相貌出众的高个子女人坐在沙发里，上半身倚靠在靠垫上，杜兰德医生在一旁扶着。这位中年妇人曾经乌黑的头发现在几乎全都变成了银白色，但仍然处处彰显出一种强烈的生命力和坚强的个性，一看就知道，面前的她是那种法国人所说的"勇敢的女人"。

她端庄地向我们微微点头，以示欢迎。"请坐，先生们。"

我们在椅子上坐下，法官的书记员则坐在圆桌旁边。

"夫人，"阿尔特先生开了口，"您可否向我们叙述一下昨晚发生的情形？希望您别太伤心。"

"没关系，先生。我知道想要抓住这两个恶棍，并让他们得到应有的惩罚的话，时间是很宝贵的。"

"很好，夫人。我想，您只需要回答我的问题就行了，这样您就不至于太过疲劳。昨晚您是什么时间上床休息的？"

"九点半，先生，因为我累了。"

"您丈夫呢？"

"我想大概是一个小时之后。"

"他有没有很不安，或者心烦意乱？"

"没有。和平时一样。"

"后来呢？"

"我们睡着了。一只手按着我的嘴巴，我被惊醒了。我想大喊，可是叫不出声。房间里有两个男人，都戴着面具。"

"您能描述一下他们吗，夫人？"

"一个个子很高，留着长长的黑胡子；另一个又矮又结实，胡子是淡红色的。两个人的帽子都戴得很低，遮住了眼睛。"

"嗯！"法官若有所思地说，"胡子也太多了。"

"你是说他们戴着假胡子？"

"是的，夫人。请接着说吧。"

"抓住我的是那个矮个子。他塞住了我的嘴巴，然后用绳子绑住我的手脚。另一个站在我丈夫旁边，从我的梳妆台上拿起那把匕首形状的裁纸刀，用刀尖低住我丈夫的胸口。那个矮个子把我绑结实之后，他们两个人就强迫我丈夫从床上起来，跟他们到后面的更衣室里去。我吓得差点昏过去，不过还是努力去听他们说什么。

"他们说话声音很低，我听不清楚，可我听出来他们说的是一种南美地区的西班牙土话。他们好像是问我丈夫要什么东西，没过多久他们生气了，声音也抬高了一些。我猜是那个高个子说：'你知道我们想要什么。'他说，'秘密！在哪儿？'我不知道我丈夫是怎么回答的，可另外一个人凶狠地说道：'你撒谎！我们知道在你这儿。钥匙在哪儿？'

"然后我听到抽屉被拉开了。我丈夫更衣室的墙上有个保险箱，里面经常放着大量现金。后来莱奥妮告诉我保险箱被抢了，钱都被拿走了，但他们要找的东西显然不在那儿。因为我随即听见那个高个子骂了一声，命令我丈夫穿上衣服。没多久，我猜是屋子里的什么动静惊动了他们，因为我丈夫衣服才穿了一半就被他们猛推进我们的房间。"

"抱歉，"波洛插嘴说道，"更衣室没有其他出口吗？"

"没有，先生，只有通向我这个房间的一扇门。他们催促我丈夫穿过房间，矮个子在前面，高个子仍然在后面用裁纸刀抵着我丈夫。保罗想挣脱开来找我，我看到了他痛苦的眼神。他转过身对劫持他的人说：'我要跟她说话。'然后他走到床边对我说：'没关系的，埃罗伊丝，'他说，'别害怕，天亮前我就会回来。'他假装说得很有信心，可我能看到他眼中的恐惧。接着他们把他推出房间，那个高个子说：'记住，有一点声音你就死定了。'

"再后来，"雷诺夫人继续说道，"我一定是晕过去了。醒过来时，莱奥妮正按摩我的手腕，给我喝白兰地。"

"雷诺夫人，"法官说，"您知不知道这两个人在找什么？"

"根本不知道，先生。"

"您知道有什么事让他害怕吗？"

"肯定有，我感觉到他变了。"

"这是多久前的事了？"

雷诺夫人考虑了一下。

"大概十天了。"

"会不会是更久以前？"

"有可能。只是那时候我才注意到。"

"您没有问过您丈夫是什么原因吗？"

"问过一次，他躲躲闪闪的。不过我确信他非常焦虑。不过既然他想瞒着我，我也就装作什么都不知道。"

"您知不知道他请了私家侦探帮忙？"

"侦探？"雷诺夫人惊讶地叫出了声。

"是的，是这位先生——赫尔克里·波洛先生。"波洛鞠了一躬。"他今天受您丈夫的邀请而来。"波洛从口袋里取出雷诺先生写给他的信，递给夫人。

雷诺夫人满脸诧异地读着信。

"我完全不知道。显然他充分意识到自己身处危险之中了。"

"现在，夫人，请您对我坦白一些。您丈夫过去在南美洲的时候，有没有发生过什么事，可能致使他被害？"

雷诺夫人陷入了深深的思考中，但最终她摇摇头。

"我想不出来。当然，我丈夫有很多敌人，比如他在某些方面战胜过的那些人，可我想不出明显的事情。我这么说并不是指没有这样的事，只不过我不知道。"

法官愁闷地抚摸着胡子。"您知道凶案发生在什么时候吗？"

"是的，我清楚地记得壁炉上的钟敲了两下。"

她冲壁炉中间放在一个皮套里的钟表点点头，那是个可以连续走八天的旅行钟。

波洛从椅子上站起来，仔细查看着钟，然后点点头，一副满意的样子。

"这里还有一个，"贝克斯先生喊道，"是块手表。肯定是凶手从梳妆台上打落到地上的，已经碎了。他们不知道这块表是个不利证据。"

他轻轻地把碎片从表盘上拨开。

突然，他大惊失色，叫道："天哪！"

"怎么了？"

"手表指针指向七点钟！"

"什么？"法官诧异地喊道。

但是波洛跟往常一样敏捷，从呆住了的局长手中拿过坏了的手表，贴在耳边，然后笑了。

"没错，玻璃是碎了，可手表还在走呢。"

这个解释让人们都松了口气，宽心地笑了。但是法官又提出了另一个问题。

"可现在不是七点吧？"

"不是，"波洛轻声说道，"现在是五点零几分。可能表快了，是吗，夫人？"

雷诺夫人困惑地皱着眉头。

"确实快了，"她承认，"可我从来不知道会快这么多。"

法官做了一个不耐烦的手势，不再谈手表的问题，而是继续他的审问。

"夫人，前门是半开着的，看样子凶手很有可能是从那里进来的，可又不像是强行撬过门。您能解释一下吗？"

"可能是我丈夫临睡之前出门去散步，回来时忘了关。"

"有这种可能吗？"

"很有可能。我丈夫经常心不在焉的。"

说着，她微微皱起了眉头，好像死者的这一性格有时会让她很伤脑筋。

"我们可以得出一个结论，"局长忽然说，"既然那两个人坚持让雷诺先生穿上衣服，那么他们要带他去的地方，也就是'秘密'所在的地方，似乎离这里有些距离。"

法官点点头。

"对，有点远，但也不是太远，因为他说天亮前回来。"

"梅林维尔站最后一班车是几点？"波洛问。

"一个方向是十一点五十分，另一个方向是十二点十七分，不过他们很可能已经备好了汽车。"

"当然。"波洛表示同意，但有些失望。

"确实，这可能也是追查他们的一个方式。"法官面露喜色，"一辆汽车里载着两个外国人，是很容易被注意到的。这个想法可真不错，贝克斯先生。"

他笑了笑，然后马上换了一副严肃的面孔对雷诺夫人说："还有个问题，您认识一个叫杜维恩的人吗？"

"杜维恩？"雷诺夫人沉思地重复着，"不，到目前为止，我想不起来。"

"您从没听您丈夫提起过这个名字吗？"

"从来没有。"

"您知道有谁的教名是贝拉吗？"

问这话的时候，他仔细打量着雷诺夫人，想找出因意想不到而表现出的生气或者其他态度，可她只是很自然地摇了摇头。他继续问道："您知不知道昨晚您丈夫见了一位客人？"

这时，他看到她两颊微红，可她镇定地回答说："不知道。是谁？"

"一位女士。"

"真的吗？"

不过这会儿法官不愿多说，看样子多布罗尔夫人跟这起凶杀案没什么关系，因此他也不愿引起雷诺夫人不必要的烦恼。

　　他对局长做了个手势，后者点点头表示同意，随后站起身，穿过房间，回来时手里拿着那个我们在棚屋里见过的玻璃缸，从里面拿出了裁纸刀。

　　"夫人，"他轻轻地说，"您认识这个吗？"

　　她小声惊呼道："认识，这是我的小裁纸刀。"接着她看到了沾有血迹的刀刃，不由得向后退去，惊恐地睁大双眼。

　　"那是……血吗？"

　　"是的，夫人。您丈夫就是被这把刀子杀害的。"说完他赶紧把刀子拿开，"您肯定这就是昨晚您梳妆台上的那把吗？"

　　"哦，是的。这是我儿子送给我的礼物。战时他在空军服役，他多报了几岁。"她的语气中有一种作为母亲的骄傲，"这是用流线型飞机的金属材料做成的，是我儿子送给我的战争纪念品。"

　　"我明白了，夫人。还有个问题：您儿子现在在哪儿？必须马上给他发电报。"

　　"杰克？他去布宜诺斯艾利斯了。"

　　"什么？"

　　"是的，我丈夫昨天给他发了电报。原本是打算派他去巴黎办事，可是昨天他发现必须马上让他赶去南美。昨天晚上有一艘从瑟堡①开往布宜诺斯艾利斯的船，于是我丈夫发电报让他坐那艘船。"

　　"你知道他去布宜诺斯艾利斯办什么事吗？"

　　"不，先生，我对此一无所知。不过布宜诺斯艾利斯不是我

―――――――――――――
①法国港口城市。

儿子的目的地，他要从那儿走陆路去圣地亚哥。"

"圣地亚哥！又是圣地亚哥！"

提到这个词，我们都大为震惊。就在这时，波洛走近雷诺夫人。他原本一直站在窗边，仿佛沉醉在梦中一般。我真怀疑他是否清楚刚才发生了什么。他停在夫人身边，鞠了一躬。

"抱歉，夫人，我可以看一看您的手腕吗？"

虽然对于这个请求略感讶异，但雷诺夫人还是伸出了手。两只手腕上都有深红色的伤痕，说明绳子都勒进肉里去了。波洛查看的时候，我看到他眼中闪烁的兴奋之情消失不见了。

"您一定非常痛。"他说，又显出困惑的神情。

可是法官却激动地说道："得马上发电报给杰克先生。我们需要了解有关他圣地亚哥之行的全部情况。这很重要。"他迟疑了一下，又说，"我本希望他就在这里，这样您就没有必要承受痛苦了，夫人。"

"你是说，"她低声说道，"认尸吗？"

法官点了点头。

"我很坚强，先生，可以承受一切需要承受的事情。我准备好了，现在——"

"哦，明天也不晚，我向您保证——"

"我宁愿现在就去。"她声音低沉，脸痛苦地痉挛着，"医生，可否请你扶我一下？"

医生急忙走上前。女仆为雷诺夫人披上了斗篷，然后众人缓缓走下楼梯。贝克斯先生赶紧先去打开棚屋的门，不一会儿，雷诺夫人出现在了门口。她一脸苍白，但神色毅然，用双手捂住脸。

"等一下，先生，让我定定神。"

她放下双手，俯视着这个死去的男人。这时，一直支撑着她的那股强大的自制力一下子崩溃了。

"保罗！"她哭喊着，"我亲爱的……哦，上帝！"她向前一头栽在地上，昏了过去。

波洛立即跑到她身边，翻起她一只眼的眼睑，轻按脉搏。确认她是真的昏倒了之后，他才满意地退到一旁，抓住我的胳膊。

"我真蠢，我的朋友！要想知道一个女人的声音中充满真爱和痛苦是什么情形的话，那刚才我算是听到了。我那个小想法完全是错的。好了，我必须从头开始！"

第六章 犯罪现场

医生和阿尔特先生把晕过去的雷诺夫人抬进房间里。局长跟在他们身后，摇着头。

"可怜的女人，"他喃喃自语道，"她受到的打击太大了。唉，唉，我们却无能为力。现在，波洛先生，我们去看一下犯罪现场吧？"

"好的，贝克斯先生。"

我们穿过房间，走出前门。从楼梯旁走过的时候，波洛抬头看了看，不解地摇了摇头。

"仆人们什么都没听到，这简直难以置信。那楼梯吱嘎作响，三个人走过去的话，死人都会被吵醒的！"

"别忘了，那时候是在半夜，他们肯定都睡得很熟。"

可是波洛依然摇着脑袋，好像对这个解释并不满意。在车道的拐弯处，他停住脚步，抬起头望着房子。

"为什么他们会先去看看门有没有锁着？这也太说不过去了。先撬窗户才是更合理的做法。"

"可是一层的窗户全都安着铁栏杆。"局长提出异议。

波洛指了指二楼的一扇窗户。

"这是我们刚才出来的卧室的窗户，对吧？瞧，窗边有棵树，爬树过去不是最简单的方法吗？"

"有可能，"局长承认，"可是这么一来，他们就会在花坛里留下很多脚印。"

我觉得他说得有理。在通向前门的台阶两边，分别有两个种着红色天竺葵的椭圆形大花坛。他们说到的那棵树就种在花坛的后面，要是想去爬树而不踏上花坛，似乎不可能。

"你瞧，"局长继续说道，"天气干燥，所以车道和小路上都没有脚印，但是，如果踩在土质松软的花坛上，那就是另外一回事了。"

波洛走近花坛，仔细研究着。就像贝克斯说的，土壤非常平坦，没有任何凹陷的痕迹。

波洛点点头，好像被说服了。于是我们转过身，可突然之间，波洛又跑过去检查另一个花坛。

"贝克斯先生！"他大喊，"看这儿，好多脚印啊。"

局长走过去，笑了。

"亲爱的波洛先生，不用说，这些脚印肯定是花匠穿的带有平头钉的大靴子留下的。不管怎么说这都不重要，这边没有树，所以爬不到楼上去。"

"没错，"波洛说道，显然十分沮丧，"所以你觉得这些脚印不重要吗？"

"一点也不重要。"

大大出乎我意料的是，波洛说出了下面的话。

"我不同意。我有个小想法：这些脚印是迄今为止我们见过的最重要的线索。"

贝克斯先生没说什么，只是耸了耸肩。他碍于面子，没有把自己真实的想法说出来。

"我们走吗？"他转而问道。

"当然，脚印的问题我待会儿再研究。"波洛爽朗地说。

贝克斯先生没有沿着车道走到大门口去，而是向右拐进一条小路。小路是条微微向上的斜坡，通向房屋的右边，两旁都种有灌木丛。走着走着，小路突然转入一片空地，在那儿可以看到大海。空地上有一张长椅，不远处有一间摇摇欲坠的小棚子。往前走两步，一排整齐的小灌木丛标志着别墅的地界。贝克斯先生穿过灌木丛，忽然间，我们发现自己身处一片开阔的丘陵之地。我环顾四周，发现了一个惊人的情况。

"啊，这是高尔夫球场！"我叫道。

贝克斯点点头。

"球场还没有完全建好，"他解释说，"原本计划在下个月开放。尸体就是建造球场的工人今天一早发现的。"

我倒抽一口气。之前我还没留心，就在我左边很近的地方，有一个长而窄的坑洞，有个男人面朝下趴在那儿！我的心跳立刻加速，产生了悲剧又要重演的幻觉。但是局长消除了我的错觉，他走上前，气愤地厉声质问道："我的警察在干什么？没有证件，谁也不准接近球场，这是严格的命令！"

地上的那个人转过头。

"可我有证件。"说着，他慢慢站起身。

"亲爱的吉劳德先生，"局长大喊，"我不知道你已经到了。预审法官等你等得都不耐烦了。"

趁他说话的时候，我好奇地打量着这个新来的人。我久闻这位巴黎安全局警探的大名，见到他本人自然更加高兴。他个子很高，三十岁左右，红褐色的头发和胡子，一副军人的姿态。他态度傲慢，这表明他自视清高。贝克斯先生为我们做了介绍，说波洛也是来合作办案的。警探眼中闪现出一丝好奇。

"我听说过你，波洛先生，"他说，"你过去可是个大人物，对吧？不过如今的办案方法可跟从前大不相同啊。"

"话虽如此，不过犯罪都是大同小异。"波洛轻声说道。

我马上看出了吉劳德的敌意。他讨厌跟波洛联手办案，假如发现了什么重要的线索，我感觉他很有可能会守口如瓶。

"预审法官——"贝克斯又开始说了起来。

但是吉劳德粗鲁地打断了他。

"法官有什么！光线才是重要的事情。再过半个小时左右，天就要黑下来了。我已经了解了案情，房子里的那些人可以等到明天再审讯。但是，如果想发现跟凶手有关的线索，那就只有在这个地方才能找到。在这个地方到处乱走的人，是你手下的警察吧？我还以为如今的警察会更专业一些呢。"

"他们当然都很专业，你指责的那些痕迹，都是今天早上发现尸体的工人所留下的。"

对方厌恶地嘀咕着："我能看到三个人穿过篱笆的脚印——可他们很狡猾，你只能辨认出中间雷诺先生的脚印，但是两旁的脚印已经被仔细地抹掉了。在这坚硬的地面上，其实看不清楚什么，不过他们不愿冒险。"

"外在的迹象，"波洛说，"这是你想找的吗，嗯？"

警探瞪了他一眼。

"当然。"

波洛嘴边浮现出一丝微笑，想要说些什么，不过又忍住了。他弯下腰，脚边是一把铁铲子。

"墓坑就是用这个挖出来的，这没错，"吉劳德说，"可在上面你什么也查不到。这是雷诺自己的铁铲，用它挖墓的人则戴了手套。在这儿，"他用一只脚示意了一下放着两只满是泥污的手套的地方，"这也是雷诺的，要不就是他的花匠的。我告诉你，策划凶案的人是绝不会冒险的。这人是被自己的裁纸刀刺死的，也被自己的铁铲埋了起来。他们以为这样就不留痕迹了！可我会打败他们的！总会有什么蛛丝马迹，我一定会找出来的！"

但是显然波洛的兴趣在别的什么东西上，那是铁铲旁边一小段褪色的铅管。他用手指轻巧地碰了一下。

"这也是被害人的东西吗？"他问。我察觉这个问题中含有微妙的讽刺意味。

吉劳德耸耸肩，表示他不知道也不关心。

"没准儿放在这里几个星期了，反正我不感兴趣。"

"恰恰相反，我觉得它很有意思。"波洛平静地说。

我猜他只是想气一气那个巴黎警探，如果是这样的话，那他成功了。警探粗鲁地走开了，一边说着他可不想浪费时间，一边弯下腰仔细检查地面。

与此同时，波洛好像忽然冒出了个想法。他退回地界这里，试着推了推小棚的门。

"锁着呢。"吉劳德扭过头来说，"那只是个花匠堆放垃圾的地方，铁铲不是从那里拿过来的，而是从房屋旁边的工具房里拿来的。"

"太厉害了，"贝克斯欣喜若狂地冲我嘀咕，"他来这儿才半个小时，可一切都尽在掌握中了！这人可真厉害啊！毫无疑问，吉劳德是当今世上最伟大的侦探！"

虽然我打心眼里不喜欢这个侦探，但也暗自佩服他。这个人的效率似乎相当高。我不禁觉得，到目前为止，波洛还没有令人瞩目的表现，这一点令我很焦虑。他似乎把自己的精力都放在那些与案件无关的蠢问题上了。就在这个节骨眼上，他忽

47

然问道："贝克斯先生，请告诉我，绕着墓地四周的这圈白粉线是做什么用的？是警方画上去的吗？"

"不是的，波洛先生，这是建造高尔夫球场的人画的，表示这儿有一个所谓的'沙坑'。"

"沙坑？"波洛转身对我说，"就是那种填满沙子、一侧设有堤岸的不规则坑洞，对吗？"

我表示同意。

"那雷诺先生肯定会打高尔夫球了？"

"是的，他是个高尔夫球迷。这个球场得以修建，主要归功于他和他的大笔捐款。他还对球场的设计提过建议呢。"

波洛若有所思地点点头，又说："作为一个埋尸地点，这里并不是一个很好的选择。工人们挖土的时候，一切就都被揭穿了。"

"正是，"吉劳德得意扬扬地说，"这就证明了他们对这个地方很陌生。多么好的一个间接证据啊！"

"是的，"波洛怀疑地说，"知道的人不会把尸体埋在这儿，除非他们就是想让尸体被人发现。可这很荒谬，不是吗？"

吉劳德甚至懒得回答。

"是的，"波洛有些不满地说，"绝对——荒谬！"

第七章 神秘的多布罗尔夫人

我们返回大房子的时候，贝克斯先生说他失陪先走了，因为他得马上告诉法官吉劳德到达的消息。而当波洛宣布自己想要看的都看完了时，吉劳德显然十分高兴。我们离开球场的时候，看到的最后一件事，就是吉劳德匍匐在地面上进行彻底的搜查。我不禁对他深感佩服。波洛猜透了我的心思，等到只有我们两个人的时候，他讽刺地说："你终于见到你所仰慕的侦探了——披着人皮的猎犬！不是吗，我的朋友？"

"不管怎样，他在做事！"我粗声粗气地说，"如果有线索的话，那他一定会找到的！可你——"

"好吧，我也找到一个线索了：一段铅管。"

"胡扯，波洛。你很清楚这跟案子一点关系都没有。我说的是小东西——让我们最终找到凶手的线索。"

"我的朋友，两英尺长的线索跟两毫米长的线索具有同样的价值！如果说重要的线索都是细微的，那就太不切实际了。你说到铅管跟案情无关，是因为吉劳德就是这么告诉你的。不——"我正要发问，他阻止了我，"我们不必多说了。吉劳德查他的，我想我的。案子似乎简单明了，可是，可是——我的朋友，我很不满意！你知道为什么吗？因为那个手表快了两个小时，而且还有几个小小的疑点跟案情不太吻合。比如，凶手是为了报复，那他们为什么不选在雷诺睡着了的时候刺杀他，从而结束这一切呢？"

"他们想要那个'秘密'。"我提醒他说。

波洛不高兴地拍掉他袖子上的那一点点灰尘。

"好吧，那'秘密'在哪儿呢？既然他们要他穿好衣服，那么假设它离这里有段距离，可他却在附近被害，几乎就在自家旁边、听觉所及范围之内。再者，像裁纸刀这样的杀人工具就这么随便放在桌上，唾手可得，这纯粹是巧合吗？"

他打住了，皱着眉头，然后接着说：

"为什么仆人们什么都没听见？他们被下药了吗？是不是还有一个帮凶，那个帮凶是不是负责留着前门？我怀疑——"

他突然不说话了。我们已经来到了房子前面的车道上。他冷不防地转向我。

"我的朋友，我要让你大吃一惊——讨你欢心！我会牢记你的批评。我们这就去研究一下那些脚印！"

"去哪儿？"

"在右边的花坛那儿。贝克斯先生说那是花匠的脚印，让我们看看是否真是这样。瞧，他推着独轮车走过来了。"

果然有个老人推着一车幼苗正穿过车道。波洛朝他打了个招呼，他便放下独轮车，蹒跚地向我们走了过来。

"你是不是打算向他要一只靴子来比对脚印？"我气喘吁吁地问。我对波洛又恢复了一点信心。既然他说右边花坛上的脚印很重要，那也许真的很重要。

"没错。"波洛说。

"可他会不会认为这很奇怪？"

"他根本不会去想。"

我们没再说什么，那老人已经走到我们身边。

"您找我有事吗，先生？"

"是的。你在这里做了好多年的花匠了，对吗？"

"二十四年了，先生。"

"你的名字是——"

"奥古斯特，先生。"

"我正在欣赏这些华丽的天竺葵。它们真的很美，种了很久了吧？"

"有段时间了，先生。不过为了保持花坛的美观，必须不断种植新植株，择掉枯叶，还得把凋谢了的花朵掐掉。"

"你昨天种了一些新植株，对吗？就在花坛中间，另外一个坛里也有。"

"先生好眼力啊。一般需要一两天花朵才能恢复过来。是的，昨晚我在每个花坛里各种了十株新的。先生肯定知道，阳光强烈的时候是不能种植的。"波洛对花很感兴趣，这让奥古斯特很开心，话也多了起来。

"那个品种非常不错，"波洛指着说，"我能剪一枝吗？"

"当然可以了，先生。"老人跨进花坛，小心翼翼地从波洛喜欢的那棵天竺葵上折了一小截。

波洛连连称谢，奥古斯特走回他的独轮车。

"看到没？"波洛微笑着说，弯腰去检查花匠的钉靴留下的脚印，"很简单。"

"我不明白——"

"不明白脚应该在靴子里吗？你可没有好好运用你那聪明的头脑。喏，看看那脚印。"

我仔细地检查了花坛。

"花坛里这些脚印都是同一只靴子留下来的。"研究一番之后，我终于说道。

"你这么认为吗？好吧，我同意！"波洛说。

他一副完全不感兴趣的样子，似乎另有所思。

"不管怎样，"我说，"现在，你的帽子上少了一只蜜蜂。"

"天哪！这是什么俗语！什么意思？"

"我的意思是说，现在你对这些脚印不感兴趣了吧。"

但是让我意外的是，波洛摇了摇头。

"不，不，我的朋友，至少我找对了方向。我仍然不明就里，不过我刚刚对贝克斯先生暗示过，这些脚印才是这个案子中最重要、最有意思的线索！可怜的吉劳德——就算他完全没留意到这些，我也不惊讶。"

此时，前门开了，阿尔特先生和局长走下了台阶。

"啊，波洛先生，我们正找你呢。"法官说，"天就要黑了，但是我想去拜访多布罗尔夫人。不用说，她肯定对于雷诺先生的死非常难过。幸运的话，我们也许能从她那里得到线索。他没对他妻子透漏那个秘密，但很有可能告诉了那个让他成为爱情奴役的女人。我们了解这位参孙①的弱点，不是吗？"

我们没再多说，一行人默默走着。波洛和法官走在前面，我和局长紧随其后。

"弗朗索瓦丝肯定没说错，"局长言之凿凿地对我说，"我给总部打过电话，最近这六个星期——也就是说，自从雷诺先生来到梅林维尔之后——多布罗尔夫人分三次往自己的账户里存了一大笔钱，一共是二十万法郎！"

---

① 《圣经·士师记》中的犹太士师，天生神力，可惜迷恋上别有用心的人而失败。

"天哪，"我在心里算着，"差不多有四千英镑！"

"没错。他绝对是完全被她迷住了。不过还无法确定他是否把秘密告诉了她。法官对此抱有很大的希望，但我不是很同意。"

说话间，我们来到了下午停车的路口，我猛然意识到这就是玛格丽特别墅，神秘的多布罗尔夫人的家，也就是那位美女出现的小房子。

"她在这儿住了很多年了，"局长点头朝那房子示意，"很平静，很不显眼。除了在梅林维尔认识几个人，好像也没什么朋友或亲戚了。她从不提起自己的过去，也不提自己的丈夫，人们甚至不知道他是死是活。要知道，她可是一个神秘的女人。"

我点点头，兴致大增。

"那她女儿呢？"我鼓起勇气问道。

"非常美丽的女孩，端庄谦恭、真诚有礼，具备一切好品质。人们同情她，因为她对以前的事一无所知，而想向她求婚的男人肯定会四处打听，这么一来——"局长冷笑着耸耸肩。

"可这不是她的错。"我愤慨地大喊。

"没错，可如果是你呢？男人对妻子的过去总是特别在乎的。"

已经到了门口，我也就没再争辩下去。阿尔特先生按了门铃。过了几分钟，我们听见里面传来脚步声，接着门开了，站在门口的正是我那天下午见到的仙女。看到我们，她大惊失色，脸色苍白，惊恐地睁大了双眼。不用说，她害怕极了！

"多布罗尔小姐，"阿尔特脱帽说道，"很抱歉打扰你了，但是事关法律，可否请你原谅？请代我问候你的母亲，不知她是否愿意跟我们谈几分钟？"

女孩一时之间愣住了，左手按住胸口，似乎想遏制心中的震动。但她克制地低声说道："我去告诉她。请进。"

她走进门厅左侧的一个房间里。我们听见她低声咕哝了几句，然后是另外一个声音，音质相似，不过在圆润之中透着些许生硬的腔调。

"没问题，让他们进来吧。"

下一刻，我们已经和这位神秘的多布罗尔夫人面对面了。

她没有女儿高，玲珑的身材曲线散发出成熟女性的魅力。她的头发不同于自己的女儿，是黑色的，中分，做成贵妇人的发型。湛蓝色的眼睛半遮在低垂的睫毛下面。确实不再年轻了，但保养得不错，魅力仍不减当年。

"你想见我，先生？"她问。

"是的，夫人，"阿尔特先生清了清喉咙，"我正在调查雷诺先生的命案，你肯定听说了吧？"

她垂下头，没说什么，表情没有变化。

"我们来，是想问问你是否能够——呃，提供一些跟案子有关的线索。"

"我？"她的语气很吃惊。

"是的，夫人。我们有理由相信，你经常在晚上去热纳维耶芙别墅拜访死者，是这样吗？"

夫人苍白的双颊浮现出一片红晕，不过她非常平静地回答说："我认为你没有权利这么问我。"

"夫人，我们正在调查一起谋杀案。"

"是吗，那又怎样？我跟凶案一点关系都没有！"

"夫人，我们先不说这个。不过你跟死者很熟悉，他有没有对你吐露过他受到了威胁？"

"从来没有。"

"他有没有提到过他在圣地亚哥的生活，或者在那儿有什么敌人？"

"没有。"

"那你什么也帮不了我们吗？"

"恐怕是这样。我真的不明白你们为什么要找我。难道他的妻子不能告诉你们吗？"她的语气中略带讥讽。

"雷诺夫人把她所知道的都告诉我们了。"

"啊！"多布罗尔夫人说，"我怀疑——"

"你怀疑什么，夫人？"

"没什么。"

预审法官看着她，意识到自己正在打一场心理战，而他的对手可不一般。

"你坚称雷诺先生什么都没告诉你吗？"

"为什么你认定他会向我吐露秘密？"

"因为，夫人，"阿尔特先生故意残忍地说道，"男人不告诉妻子的事情，一般都会告诉情妇的。"

"啊！"她一跃上前，眼里闪着怒火，"先生，你在侮辱我！在我女儿面前！我什么都不会说的，请离开我家！"

正义自然在她这一边。我们像羞愧的小学生一样离开了玛格丽特别墅。法官怒气未消地自言自语着。波洛似乎陷入了沉思之中。忽然，他回过神来，问阿尔特先生附近有没有好旅馆。

"镇子这边有个小的，叫贝恩斯旅馆，顺着路再走几百码就到了。住在那儿倒也方便你的调查工作。那么，我们明早见？"

"好的，谢谢你，阿尔特先生。"

我们礼貌地道别，波洛和我朝梅林维尔走去，另外两人则去了热纳维耶芙别墅。

"法国的警察制度还真是不得了，"波洛望着他们的背影说，"他们对每个人的资料都了如指掌，甚至是日常生活的细节。虽然雷诺先生来这儿才不过六个星期，他们就已经完整地掌握了他的兴趣爱好，任何时候都能获取多布罗尔夫人的账户信息，和她最近的存款数目！毋庸置疑，档案可是个伟大的发明！那是什么？"他猛然转过身。

一个没戴帽子的人影顺着马路向我们这边跑了过来。是玛尔特·多布罗尔。

"请原谅，"她一边跑近我们一边气喘吁吁地喊道，"我，我不应该这么做，我知道。你们千万别告诉我妈妈。听说雷诺先生去世之前雇了一位侦探，那……那个人是你吗？"

"是的，小姐，"波洛温和地说，"正是在下。不过你从哪儿听说的？"

"弗朗索瓦丝告诉我们艾米丽的。"玛尔特红着脸解释说。

波洛扮了个鬼脸。

"这种事想要保密是不可能的！没关系。呃，小姐，你想知道些什么？"

女孩迟疑着，似乎很想说出来，可又不敢。最终，她几乎耳语般问道："有怀疑的对象吗？"

波洛敏锐地盯着她，然后推诿道："目前案子仍悬而未决呢，小姐。"

"是的，我知道，但是，有什么特殊的怀疑对象吗？"

"为什么你想知道这个？"

女孩似乎被这个问题吓到了。我脑海中忽然闪过那天波洛说过的关于她的那句话："一个眼神焦虑的女孩。"

"雷诺先生一向对我很好，"最终，她回答道，"我自然关

56

心他的事。"

"明白了。"波洛说，"那么，小姐，嫌疑目标目前锁定在两个人身上。"

"两个人？"

我发誓，她的声音中既有吃惊也有放松。

"还不知道他们的名字，不过推测他们是从圣地亚哥来的智利人。哦，小姐，你瞧，年轻貌美的好处多么巨大啊。为了你，我连工作上的秘密都泄漏了。"

女孩愉快地笑了，然后害羞地对波洛表示感谢。

"现在我要回去了，妈妈会找我的。"

她转过身，跑回小路上，活像个现代版的阿塔兰忒①。我呆呆地盯着她的背影。

"我的朋友，"波洛低声说道，语含讽刺，"仅仅因为你看到了一个年轻美丽的姑娘而头脑发昏，我们就得像个木头似的在这儿待一个晚上吗？"

我笑着道歉。

"可她确实很美，波洛，被她迷倒不足为奇。"

让我吃惊的是，波洛却认真地摇摇头。

"啊，我的朋友，不要把你的心放在玛尔特·多布罗尔身上。她不是你的，听老波洛的话吧！"

"啊，"我大声说道，"局长曾说过她样子美心地好，是个完美的天使！"

"就我所知，好几起重大案件中的罪犯都有一张天使的面孔，"波洛兴致高昂地说着，"畸形的灰色脑细胞跟圣母般的容颜

---

①希腊神话人物，以骁勇和善跑著称。

可是绝配！"

"波洛！"我惊骇地叫出声，"你可不能这样怀疑一个无辜的女孩！"

"哎呀，别激动！我没说我怀疑她。不过你得承认，她这么着急想了解情，这可有些反常。"

"这次我可看得比你清楚，"我说，"她不是为自己，而是为了她妈妈。"

"我的朋友，"波洛说，"跟以前一样，你还是什么都没看出来。多布罗尔夫人有能力照顾好自己，不用她女儿为她担心。我承认刚才是在逗你玩，但我还是要重申一遍，不要把你的心放在那个女孩身上，她不是你的。我，赫尔克里·波洛知道这一点。见鬼！要是我能想起在哪儿见过这张面孔就好了。"

"什么面孔？"我吃惊地问，"女儿的？"

"不，她妈妈的。"

见我如此吃惊，他强调般地点点头。

"是的，正如我告诉你的。那是很久之前的事了，那时候我还在比利时警局工作。我没见过这个女人，只是见过照片……跟某个案子有关。我想是——"

"什么？"

"也许是我记错了。不过我认为那是一起凶杀案！"

第八章 不期而遇

第二天早上，我们准时到了别墅。这次，守在门口的警察没有阻拦我们，而是恭敬地向我们敬了个礼。我们朝房子走过去，这时女仆莱奥妮从楼上下来了，似乎并不介意聊上几句。

波洛问她雷诺夫人的身体如何。莱奥妮摇摇头。

"可怜的夫人，心情糟透了，不吃饭——什么也不吃！脸色苍白得像鬼一样，看到她这样，真让人难过。要是有个男人跟另一个女人合伙骗我，我才不会像她那么痛苦！"

波洛同情地点点头。

"你说得很有道理，可有什么办法呢？心中有爱的女人总会原谅很多背叛。不过，最近这段时间他们夫妇肯定发生过不少争执吧？"

莱奥妮又摇了摇头。

"从没有过，先生。我从来没听见夫人抗议或者指责过半句话！她的脾气和性情就像个天使——跟主人可大不一样。"

"雷诺先生脾气不好吗？"

"非常不好，生起气来整幢房子的人都知道。他跟杰克少爷吵架那天……哎呀！他们那么大声，在市场上都能听见！"

"哦，"波洛说，"他们什么时候吵架的？"

"就在杰克少爷去巴黎之前，他还差点误了火车。他从书房里冲出来，抓起放在门厅的旅行袋。汽车送去修理了，他只好跑着去了车站。当然我正在打扫客厅，看到他经过。他脸色发白——非常苍白——两颊却红得厉害。啊，他可是真的生气了！"

莱奥妮对自己的叙述感到满意。

"为什么吵架呢？"

"啊，这我可不知道，"莱奥妮承认，"虽然他们大喊大叫的，可声音又高又响，说得很快，估计只有熟悉英语的人才能听懂。不过先生的脸一天到晚都布满阴云，很难取悦。"

楼上关门的声音打断了莱奥妮的喋喋不休。

"弗朗索瓦丝在等我！"她惊叫道，意识到自己还有好多清洁工作没有做，"那个老太婆整天骂人。"

"等一下，小姐。法官在哪儿？"

"他们去车库看车子去了。局长先生认为发生谋杀案的那天晚上没准有人用过汽车。"

"这想法真是！"女仆离开后，波洛嘀咕道。

"你要去找他们吗？"

"不，我去客厅里等他们。热天的早晨，在那儿比较凉快。"

我不太赞成波洛这种平静的处理方式。

"要是你不介意——"我犹豫着说。

"完全不介意。你想自己去调查，嗯？"

"呃，我想去看看吉劳德。要是他就在附近，我想看看他有什么发现。"

"披着人皮的猎犬。"波洛咕哝着，仰靠在一张舒服的椅子里，闭上眼睛，"好啊，我的朋友。再见。"

我漫步走出前门。天气确实很热，我走在我们昨天经过的那条小路上，打算独自研究一下犯罪现场。但我没有直接去球场，而是转进旁边的灌木丛，再往前走几百码，右拐，就到高尔夫球场了。这里的灌木丛相当茂密，我费了好大力气才穿过去。好不容易才来到球场，不料却跟一个背对种植园而站的年轻女孩撞了个满怀。她本能地发出压抑的尖叫，而我也惊呼了一声。她正是我在火车上认识的那个朋友，灰姑娘！

双方都大吃一惊。

"是你？"我们异口同声地喊道。

年轻女孩首先恢复了平静。

"我的天哪！"她惊叫道，"你在这里干什么？"

"说到这个问题，你又在这儿干吗？"我反问。

"我上次见到你，就是前天，那时的你就像个乖乖的小男孩一样赶着去英国。"

"我上次见到你，"我说，"你就像个乖乖的小女孩一样和妹妹一起回家。顺便问一句，你妹妹好吗？"

她冲我咧嘴，露出洁白的牙齿。

"多谢你的关心。她很好，谢谢你。"

"她和你在一起吗？"

"她留在镇上了。"疯姑娘一本正经地说。

"我不相信你有个妹妹，"我大笑，"如果你有，那她肯定叫哈里斯①！"

"你还记得我叫什么吗？"她微笑着问我。

"灰姑娘。不过现在该告诉我你的真实姓名了，对吗？"

她摇摇头，一脸的顽皮。

---

①哈里斯是男性的名字，用在这里表示不可能。

"你甚至连来这儿的原因也不告诉我吗？"

"哦，这个啊！我猜你应该听说我们团队人员都在'休假'的消息了吧。"

"在高消费的法国港口城市？"

"如果知道去哪儿玩，就会很便宜。"

我敏锐地盯着她。

"但是前两天我遇到你的时候你可没打算来这儿。"

"总有不如意的时候。"灰姑娘小姐简洁地说，"现在，我对你说的已经够多的了，小男孩不应该总爱打听别人的事。你还没告诉我你在这里干什么呢。"

"你记不记得我跟你说过我有个好朋友是一个侦探？"

"怎么了？"

"那么也许你听说这起凶杀案了吧——在热纳维耶芙别墅？"

她瞪着我，胸口一起一伏的，眼睛睁得又大又圆。

"你该不会是说——你也参与办案了吧？"

我点点头。毫无疑问，这次我占了上风。她打量着我，情绪很是激动。她一声不吭地瞪着我，几秒钟之后，用力点点头。

"啊，那可真了不起！带我四处转转。我想看看恐怖的场景。"

"这是什么意思？"

"就是我说的意思。哎呀，我没告诉过你我最爱犯罪故事了吗？我在这儿已经来回溜达了好几个钟头了，能遇见你真走运。走吧，带我去四处看看。"

"不过，等等……不行，谁也不允许进去。"

"你和你的朋友不是大人物吗？"

我不愿否认自己的重要性。

"你为什么这么热心？"我有气无力地问，"你想要看什么？"

"哦，什么都想看！案发地点、凶器、尸体、脚印或者类似有趣的东西。我以前没有机会遇到这样的凶杀案，一定会终生难忘的。"

我转过身，一阵恶心。如今的女人都是怎么了？女孩的那种残忍的兴奋令我十分厌恶。

"别假装清高了，"女孩忽然说，"放下你的臭架子。他们请你来调查的时候，你有没有趾高气扬地说这是卑鄙的事情，你不会介入？"

"没有，但是——"

"如果你来这儿是度假的，难道不会跟我一样好奇地到处东看西看吗？你当然会。"

"我是男人，你是女人。"

"看到老鼠就跳上椅子大声喊叫，这就是你对女人的印象吗？这都是老掉牙的观点了。可你会带我去转转的，对吧？你要知道，这很可能会给我带来很大的影响。"

"为什么？"

"他们拒绝一切记者采访，而我也许能给某家报社提供独家报道。你可不知道，为了得到一条内幕消息，他们会出一大笔钱。"

我正犹豫着，她那只柔软的小手已经滑进了我的掌心。"求你了——这样才是个乖孩子。"

我投降了。偷偷地说，其实我很愿意当导游。

我们先到了发现尸体的地方。有一个人守在那儿，一见我便毕恭毕敬地敬了个礼，也没有疑心我的同伴，估计是以为我能给她作担保吧。我对灰姑娘叙述了一遍尸体被发现的经过。她听得很专心，偶尔会提出一个聪明的问题。之后，我们朝别墅走去。一路上我都非常小心，因为，老实说，我可不希望看见任何人。我带着女孩穿过灌木丛，绕到房子后面，来到了小棚屋前。我回想起昨天晚上，贝克斯重新锁好门之后，把钥匙交给马尔绍警官时说："要是我们在楼上，吉劳德先生要用的话，你就给他。"我认为很有可能是安全局的警探用完钥匙之后还给了马尔绍。为了避免被人发现，我让女孩躲进灌木丛里，自己则走进屋子里。马尔绍正在客厅外面执勤，里面传来嘈杂的声音。

"先生要找阿尔特先生吗？他就在里面，正在讯问弗朗索瓦丝。"

"不是，"我慌忙说道，"我不找他。不过，如果不违反规定，我想要外面棚屋的钥匙。"

"没问题，先生。"他拿出钥匙，"给您。阿尔特先生下令说所有设施都尽随你们所用。您用完再还回来就行了。"

"当然。"

我感到一阵满足，因为我意识到，至少在马尔绍眼中，我跟波洛是一样重要的。

女孩正等着我，看到我手中的钥匙便欢呼起来。

"你拿到了？"

"当然，"我冷静地说，"不过，你要知道，我这么做违反了规定。"

"你太厉害了，我不会忘记的。走吧，屋子里的人看不到我们的，对吧？"

"等一下，"我拦住了她急切的脚步，"要是你真的很想进去，我不会阻拦你的。可是你真要去吗？你已经看过了坟墓和球场，也听到了所有的细节，对你来说还不够吗？你要知道，里面很阴

64

森……叫人很不舒服。"

她看着我，可我搞不懂那是什么表情。接着，她笑了。

"我就是为了看恐怖画面来的。走吧。"

我们默默地来到棚屋门前，我打开门，两人走了进去。我来到尸体旁边，学昨天下午贝克斯的样子，轻轻地拉开了盖尸布。女孩发出短促的喘息声，我扭过头看了看她。她一脸惊骇，之前那种高昂的兴致彻底消失了。她不听我的劝告，现在可尝到后果了。我对她无动于衷，不会让她中途撤退的。我把尸体轻轻地翻了过来。

"你看，"我说，"他是被人从背后刺了一刀。"

她快要说不出话来了。

"用什么刺的？"

我冲着玻璃缸点点头。"那把裁纸刀。"

那女孩的身体忽然间失去了平衡，一屁股坐在地上蜷成一团。我连忙跑过去扶她。

"你晕了。我们走吧，这儿对你来说太可怕了。"

"水，"她含混不清地说，"快点，水。"

我冲进屋子，幸好一个仆人也没有。我悄悄倒了一杯水，从口袋里拿出小酒瓶滴了几滴白兰地。不一会儿我回到棚屋，女孩躺在那儿没动过，不过喝了几口掺白兰地的水之后，她立刻醒了过来。

"带我出去——哦，快点，快点！"她大喊，全身发抖。

我扶着她走到了棚屋外面，她顺手关上门，深吸一口气。

"好些了。哦，太恐怖了！你为什么要让我进去？"

听到这句娇嗔的话，我不禁笑了。说真的，她晕了我反倒有些高兴。这说明她并不是我以为的那样冷酷无情。毕竟她只是一个小姑娘，比孩子大不了几岁，也许她的好奇心不过是一时间心血来潮而已。

"别忘了，我可极力劝过你。"我轻轻地说。

"也许吧。好啦，再见。"

"瞧，你可不能就这么一个人离开。你吃不消的。我陪你去梅林维尔吧。"

"胡说，现在我已经完全好了。"

"万一你又晕了呢？不行，我跟你一起去。"

她拼命反对。不过到了最后，我还是说服了她，她答应我陪她走到城郊。我们顺着原路走了回去，又一次经过坟墓，然后绕了个弯来到马路上。直到看见零星的商店，她才停下来，伸出手。

"再见。谢谢你陪我走过来。"

"你确定没事了吗？"

"十分确定，谢谢。希望你带着我参观不会惹上什么麻烦。"

我轻松地否认了这种想法。

"好啦，再见。"

"再见，"我说，"你要是还留在这儿的话，我们会再见面的。"

她冲我笑了笑。

"是啊。再见。"

"等一下。你还没告诉我你的地址呢。"

"哦，我住在灯塔旅馆，小地方，不过挺好的。明天过来看我吧。"

"我会的。"我说，也许语气太过热诚了。

我看着她的背影，直到它消失在我的视野中。之后，我返回别墅，想起刚才走的时候没有把棚屋的门重新锁上，所幸还没有人发现我的这个疏漏。我扭动钥匙，锁好门，交还给警官。就在这时，我忽然想到，虽然灰姑娘给了我她的地址，可我还是不知道她的名字。

第九章 吉劳德先生发现一些线索

　　我来到客厅，发现预审法官正忙着讯问老花匠奥古斯特。波洛和局长也都在，前者冲我微微一笑，后者对着我礼貌地点了点头。我悄悄地溜进座位。阿尔特先生煞费苦心、详细讯问，却始终不得要领。

　　奥古斯特承认那双手套是他自己的，是在修整那些特定的、有毒性的樱草植物时才用的。他不记得上次戴是什么时候了。当然没有弄丢。放在哪儿？有时放这儿，有时放那儿。铁铲一般都是放在小工具房里的。上锁没？当然。钥匙放哪儿了？老天，当然是插在门上了。没什么值钱的东西可偷。谁会想到来一帮强盗或刺客啊？拉·维孔特斯夫人住在这儿的时候可从没发生过这种事儿！

　　阿尔特先生表示他问完了，老头儿退了出去，一路牢骚不停。想到波洛一直莫名地坚持说到花坛里的脚印，因此在他回答问题时，我一直在审视他。要么他跟凶案毫无关系，要么就是演技出色。他正要走出房门时，我忽然冒出来一个念头。

　　"抱歉，阿尔特先生，"我大声喊道，"我能否问他一个问题？"

　　"当然可以，先生。"

　　我受到了鼓励，于是转向奥古斯特。

"你的靴子都放在哪儿？"

"穿在脚上！"老头低声吼道，"不然在哪儿？"

"但你晚上睡觉的时候呢？"

"放在床下。"

"谁来擦靴子呢？"

"没人。为什么要擦？难道我会像个小伙子一样穿出去散步显摆吗？星期日我会穿假日靴子，别的时候——"他耸耸肩。

我泄气地摇摇头。

"唉，我们没什么进展啊。圣地亚哥没有回电的话，我们也无法行动了。有人见过吉劳德吗？老实说，那人也太没礼貌了！我打算派人去叫他——"

"不用派人了。"

一个平静的声音把我们都吓了一跳。吉劳德正站在外面，透过开着的窗子往里看。

他跳进屋子，来到桌子旁边。

"我就在这儿，静候差遣。请您原谅我没有早一点过来。"

"没事，没事。"法官不知所措地说。

"当然，我只是一个警探，"吉劳德继续说道，"不懂询问的技巧。但如果是由我审问案子的话，肯定不会开着窗户，不然的话，任何人站在窗外都能听得一清二楚。不过这也不要紧。"

阿尔特先生气得满脸通红。显然，负责这一案件的法官和警探彼此并不友好，一开始就起了冲突。也许任何案子情况都差不多。对吉劳德而言，所有的法官都是傻瓜；而阿尔特先生又特别把自己当回事，觉得这个举止散漫的巴黎警探肯定是故意顶撞他。

"很好，吉劳德先生，"法官尖锐地说，"那你肯定很会利用时间了？你已经掌握了凶手的姓名了，是吗？还有他们的藏身地点？"

吉劳德对这番揶揄无动于衷，他回答说："至少我知道他们是哪儿的人。"

吉劳德从口袋里拿出了两个小东西，放在桌上。我们凑上前去。这两样东西非常简单：一截香烟和一根还没点燃过的火柴。警探转向波洛。

"你看到了什么？"

他的语气近乎残忍，我不禁两颊发烫。但波洛不为所动，只是耸了耸肩。

"一个烟蒂和一根火柴。"

"这说明什么？"

波洛摊开双手。

"没说明什么。"

"啊！"吉劳德满意地说，"你没有仔细研究这些东西。这不是一根普通的火柴——至少在本国不常见，不过在南美很普遍。幸亏没点着过，否则我就认不出来了。显然是其中一个人丢了烟蒂，又点了一根，这时一根火柴从盒子里掉了出来。"

"那另外一根火柴呢？"波洛问。

"什么火柴？"

"他点香烟的那根，你也发现了？"

"没有。"

"也许你找得不彻底。"

"找得不彻底——"有那么一刻，那警探好像要气炸了，不过他仍然努力克制住了，"我看你是在开玩笑吧，波洛先生。可不管怎样，有没有火柴都无所谓，有这截香烟就足够了。这是那种用甘草纸卷的南美香烟。"

波洛鞠了一躬。

局长说话了:"烟蒂和火柴也许是雷诺先生的,别忘了,他从南美回来才两年。"

"不是,"吉劳德斩钉截铁地说,"我已经查过雷诺先生的私人物品了,他吸的香烟以及使用的火柴跟这完全不同。"

"你觉不觉得很奇怪?"波洛问,"这些陌生人来到这里,不带武器,不戴手套,也不带铁铲,却能轻而易举地找到所有这些要用到的东西?"

吉劳德优越感十足地笑了。

"的确很奇怪。老实说,如果没有我的推论,是挺费解的。"

"啊哈!"阿尔特先生说,"屋子里有同伙!"

"或者是在屋外。"吉劳德一脸怪笑地说。

"肯定是有人开门放他们进来的,不可能是他们的运气特别好,发现门正好为他们半开着。"

"门就是为他们才开的,但是从外面也很容易打开——有钥匙就行了。"

"可谁有钥匙?"

吉劳德耸耸肩。

"至于这一点,有钥匙的人绝对不会承认。不过有几个人可能有。比如,死者的儿子,杰克·雷诺,虽然他正在去南美的路上,不过有可能弄丢了钥匙,或者被人偷了。还有花匠——他在这儿很多年了。也许某个年轻的女仆有个情人,复制一把钥匙并不难。还有很多可能性。我猜,还有一个人很可能有钥匙。"

"是谁?"

"多布罗尔夫人。"警探说。

71

"啊，"法官说，"如此说来，你已经听说了，是吗？"

"我全听说了。"吉劳德泰然地说。

"有件事我敢担保你绝对没听过。"阿尔特先生说，很愿意显示出自己比吉劳德知道得还多，于是立即把昨天晚上神秘访客的事转述了一遍，还提到了开给"杜维恩"的支票，最后把署名"贝拉"的那封信递给了吉劳德。

"都很有意思，但是我的推论没有受到影响。"

"那你的推论是？"

"现在我还不想说。我只不过刚开始调查。"

"告诉我一件事，吉劳德先生，"忽然，波洛说话了，"你承认门是开着的，可没有解释为什么一直开着没关上。他们离开的时候，难道不是应该很自然地随手关上门吗？假如碰巧有个警官经过房子，会进来看看是否有什么问题，那他们立刻就会被发现并被抓起来的。"

"哼，他们忘了！这是个失误。"

出乎我意料的是，波洛把他昨晚对贝克斯说的话又说了一遍："我不同意你的看法。门开着，要么是故意的，要么就是有必要这么做。不承认这一点，什么推论都是徒劳的。"

我们所有人都惊讶无比地注视着这个小个子。刚才他承认对那根火柴一无所知，我以为他肯定会觉得很丢脸。可他完全没有受到影响，自信依旧，对伟大的吉劳德毫不示弱。

警探捋了捋胡须，嘲弄地注视着我的朋友。

"你不同意，嗯？好吧，那你对本案有什么特别的想法？让我们听听你的高见。"

"目前有一件事我觉得很重要。告诉我，吉劳德先生，关于本案，有没有什么地方让你觉得似曾相识？你没有想起点儿什么来吗？"

"似曾相识？想起什么？我一时之间还无法回答，不过我认为没有。"

"你错了，"波洛平静地说，"之前曾经发生过一起非常相似的案件。"

"什么时候？什么地方？"

"啊，可惜我现在也想不起来了，但我会记起来的。我原本还指望你能帮我呢。"

吉劳德怀疑地哼了一声。

"戴面具的案子有很多，我可记不得所有细节。所有的犯罪多多少少都有类似的地方。"

"这里存在一种独特的犯罪手法。"忽然，波洛摆出一副说教的架势，对在座的人演讲起来，"我现在对大家说的，是犯罪心理学。吉劳德先生很清楚，每个罪犯都有其独特的作案手法，而且，警方进行调查时，比如盗窃案，只需根据凶案所使用的独特手法，就能精确地推测出凶手是谁。（杰普也会这么说的，黑斯廷斯。）人类是一种模仿性动物，在他合法的日常生活中是这样，在法律之外也是如此。如果一个人犯过一次案，那么他所犯下的其他罪行也会非常相似。一个有说服力的例子就是，某个英国杀人犯先后把他的几任老婆都淹死在浴缸里。如果改变一下作案手法，没准到今天他还逍遥法外。但是他受人类共性的支配，认定第一次成功了，那么第二次也会成功，结果因为缺乏创造力而付出了沉重的代价。"

"你的重点是什么？"吉劳德冷笑道。

"重点是，当你遇到两起谋划和执行方式都十分相似的案件时，你会发现是同一个脑袋想出来的。我正在寻找这个头脑，吉劳德先生，而且会找到的。我们已经有了一条真正的线索——一条心理线索。也许你了解烟蒂和火柴的所有情况，吉劳德先生，但是，我，赫尔克里·波洛，却了解人心！"

可吉劳德完全不为所动。

"仅供参考，"波洛继续说道，"我告诉你一个事实，也许你没注意到：雷诺夫人的手表在惨剧发生的第二天快了两个小时。"

吉劳德瞪大眼睛。

"也许那表一直都快？"

"实际上，她就是这么跟我说的。"

"那不就得了！"

"不过快两个小时还是有点过分。"波洛温和地说，"还有就是花坛里的脚印。"

他冲开着的窗户点了点头。吉劳德急忙大步走过去，向外看去。

"可我没看到脚印。"

"是的，"波洛说着，把桌上的一堆书码齐，"一个也没有。"

吉劳德的脸瞬间被暴怒所笼罩，向折磨他的波洛跨近两步。可就在这时，门开了，马尔绍宣布："秘书斯托纳先生刚刚从英国赶了过来，让他进来吗？"

第十章 加布里埃尔·斯托纳

　　走进客厅的这个人很是引人注目。他个子很高，有着运动员一样结实的身材，面部和脖颈呈古铜色，气势压人。就连吉劳德在他旁边也黯然失色了。进一步了解之后，我知道加布里埃尔·斯托纳是个了不起的人物。他在英国出生，游历过全世界，在非洲射杀过大型动物，去过韩国旅游，在加州经营过农场，还在南海群岛做过生意。

　　他敏锐的双眼一下子就认出了阿尔特先生。

　　"负责这个案子的预审法官？很高兴见到你，先生。这件事太可怕了。雷诺夫人怎么样了？她能否撑得住？对她来说这无疑是个很大的打击。"

　　"太可怕了，太可怕了。"阿尔特先生说，"请允许我向你介绍贝克斯先生、警察局局长、安全局的吉劳德先生；这位是赫尔克里·波洛先生，是雷诺先生请他来的，可惜他来迟了，没能阻止惨剧的发生；波洛的朋友，黑斯廷斯上尉。"

　　斯托纳饶有兴趣地看着波洛。

　　"他请你过来的吗？"

　　"这么说，你不知道雷诺先生打算请一名侦探？"贝克斯先生插嘴道。

　　"不，我不知道，不过我并不奇怪。"

"为什么？"

"因为老头子非常慌张，但我不知道具体是什么事。他没向我透露过，我们的交情还没到那个程度。不过他确实非常……慌张。"

"唔，"阿尔特先生说，"可你不知道原因吗？"

"我说过我不知道，先生。"

"抱歉，斯托纳先生，不过我们还是得按程序办事。姓名？"

"加布里埃尔·斯托纳。"

"你什么时候开始给雷诺先生当秘书的？"

"差不多两年前，他刚从南美洲来，我是通过一个我们共同的朋友认识他的。他聘用了我；他是个很好的老板。"

"他经常跟你说起他在南美的生活吗？"

"是的，说过一点。"

"你知道他曾在圣地亚哥待过吗？"

"我想他是去过几次。"

"他有没有提过在那里的时候发生过什么不寻常的事——日后可能会引发恩怨的事？"

"从来没有。"

"他有没有说过旅居的时候有过某个秘密？"

"我不记得他说过。话虽如此，但他确实是个神秘的人。比方说，我从没听他说起过自己的少年时期，或者去南美之前的生活经历。我认为他可能是个法裔加拿大人，可我从未听他说过在加拿大的生活。要是他愿意，他能像牡蛎那样一言不发。"

"那么，就你所知，他没有敌人，而且你也无法给我们提供可能致使他被害的任何线索了？"

"是的。"

"斯托纳先生，在雷诺先生的交际圈中，你听过杜维恩这个人吗？"

"杜维恩，杜维恩。"他若有所思地重复着这个名字，"我没听过，但是耳熟。"

"你知不知道有位女士，雷诺先生的朋友，教名叫作贝拉？"

斯托纳先生还是摇摇头。

"贝拉·杜维恩？全名是这个吗？太奇怪了，我肯定自己知道这个名字，可我一时想不起来跟什么有关了。"

法官咳了一声。

"你要明白，斯托纳先生，事情是这样的：你绝对不能有所保留，也许，可能，你考虑到了雷诺夫人的感受。我猜，你对她既尊重又敬爱，你应该——总之……"阿尔特先生想不出什么措辞了，"不能有所保留！"

斯托特盯着他，眼神迷惑、茫然。

"我不太明白，"他轻轻地说，"怎么扯到雷诺夫人那儿去了？我很敬重这位夫人，她是个非凡的好女人。可我不明白，我是否有所保留，跟她有何关系？"

"如果贝拉·杜维恩跟死者超出了友谊范围，难道也跟她没关系吗？"

"啊！"斯托纳说，"现在我明白了！不过我敢用我的最后一分钱跟你打赌，你错了。这老头从来不多看其他女人一眼，他只爱他妻子。他们是我知道的最忠实的夫妻。"

阿尔特先生轻轻地摇摇头。

"斯托纳先生，我有确凿的证据——这个贝拉写给雷诺先生一封情书，指责他变心抛弃了她。而且，进一步的证据表明，他去世之前跟一个法国女人有不清不楚的关系，就是租住在旁边别墅里的多布罗尔夫人。"

秘书眯起眼睛。

"等等，先生，你错怪他了。我了解保罗·雷诺，你刚才所说的绝对不可能，肯定另有内情。"

法官耸耸肩。

"还能有什么原因？"

"你为什么认为这是外遇？"

"多布罗尔夫人经常在晚上拜访他，而且，雷诺先生搬来别墅之后，多布罗尔夫人就把好几笔钱存进了自己账户里，一共有四千英镑。"

"是这样的，"斯托纳先生平静地说，"是我照他的吩咐把钱存进去的，可这不是外遇。"

"不然是什么？"

"敲诈！"斯托纳先生严厉地说着，一拳砸在桌子上，"就是这样！"

"啊！"法官浑身一颤，喊出声来。

"敲诈。"斯托纳又说了一遍，"老头儿被敲诈了，而且对方逼得很紧，两个月四千英镑。哎呀！我刚才跟你说过，雷诺先生是个神秘的人。显然，多布罗尔夫人知道不少事情，所以能要挟他。"

"有可能，"法官激动地大声说，"很有可能！"

"有可能？"斯托纳吼了起来，"这是不容置疑的。告诉我，你有没有对雷诺夫人说起过这个'外遇'？"

"没有，先生。只要能合理地避免，我们不想让她伤心。"

"伤心？哦，她会当面嘲笑你的。我告诉你，她和雷诺先生可是罕见的好夫妻。"

"啊，这倒让我想起另外一件事。"阿尔特先生说，"雷诺先生有没有跟你说过他遗嘱的全部内容？"

"我全都知道——他拟定好之后我就把它交给律师了。如果你想看，我可以告诉你他的律师的名字，遗嘱仍然在他们那儿。内容非常简单：一半留给他妻子终生使用，另一半给他儿子。还有几笔遗赠。我想他也给我留了一千英镑。"

"是什么时候写的？"

"哦，大概一年半以前。"

"斯托纳先生，要是我跟你说雷诺先生在两个星期前另外拟定了一份遗嘱，你会不会感到很吃惊？"

显然，斯托纳吃惊至极。

"我不知道。内容是什么？"

"他把全部的遗产都毫无保留地给了他妻子，根本没有提及儿子。"

斯托纳先生吹了一声长哨。

"我说这对那孩子也太粗暴了。他妈妈当然爱他，可人们一般都会因此认为他父亲不信任他，这会伤害他的自尊心的。不过，这证明了我说过的话：雷诺和他妻子感情很好。"

"是这样，是这样，"阿尔特先生说，"我们可能需要在几个问题上改变一下看法了。当然，我们给圣地亚哥发了电报，并随时等待回电。到那个时候，很可能一切都真相大白了。话又说回来，如果真的存在你所说的敲诈，那么多布罗尔夫人应该能给我们提供有用的线索。"

波洛插嘴说了一句："斯托纳先生，那位英国司机马斯特斯，他跟着雷诺先生很长时间了吗？"

"一年多了。"

"你知不知道他有没有在南美待过？"

"我很肯定他没去过。给雷诺先生开车之前，他在格洛斯特郡为几个我非常熟悉的人服务了好多年。"

"总之，你能担保他没有嫌疑？"

"绝对的。"

波洛有些丧气。

就在这时，法官把马尔绍叫了过来。

"替我问候雷诺夫人，我想跟她谈几分钟。请她不要麻烦了，我上楼去看她。"

马尔绍敬了个礼，走了。

我们等了一会儿，门开了，令人吃惊的是，雷诺夫人穿着丧服、脸色惨白地走了进来。

阿尔特先生搬了把椅子走过去，一边说着反对她下楼的话。她微微一笑，表示感谢。斯托纳无限同情地握住她的一只手，一时语噎。雷诺夫人转向阿尔特先生。

"你想问我些什么？"

"请您允许，夫人。我了解到您丈夫是法裔加拿大人，您可否跟我们说说他青年时期的经历或家庭教育？"

她摇摇头。

"我丈夫对自己的事总是避而不谈，先生。我知道他来自西北部，不过我觉得他童年生活得并不好，因为他从来不提那段往事。我们只生活在当下和未来。"

"他过去的生活有没有什么秘密？"

雷诺夫人淡淡一笑，摇摇头。

"我确信没什么浪漫的事，先生。"

阿尔特先生也笑了。

"没错，我们不能太戏剧化。还有件事——"他犹豫了。

斯托纳性急地插嘴道："雷诺夫人，他们竟然有个奇怪的想法。他们以为雷诺先生跟住在隔壁的多布罗尔夫人有私情。"

雷诺夫人的双颊泛起一片红晕。她仰起头，咬了咬嘴唇，面部扭曲着。斯托纳吃惊地看着她，不过阿尔特先生向前探了探身，轻声说道："对不起，夫人，惹你伤心了。但是，你是否有理由相信，多布罗尔夫人是你丈夫的情人？"

雷诺夫人哀恸地啜泣起来，双手捂住脸，肩膀剧烈地颤抖着。最后，她抬起头，断断续续地说："她可能是。"

斯托纳的脸上呈现出一种我此生从未见过的茫然和惊愕。他彻底惊呆了。

第十一章 杰克·雷诺

谈话会发展到什么地步我可不知道，因为就在这时，门被猛地推开，一个高个子年轻人大步走了进来。

就在这一瞬间，我产生了一种毛骨悚然的感觉，以为死者复活了。随后我意识到这乌黑的头发中并没有银发，实际上，他只是一个闯进客厅的没有礼貌的小伙子。他急急地径直走向雷诺夫人，而无视在座的其他人。

"母亲！"

"杰克！"她大叫一声，把他搂进怀里，"亲爱的！你怎么来了？两天前你不是在瑟堡坐安莱拉号出发了吗？"接着，她猛然想起房间里还有其他人，便转过身，自豪地说，"先生们，这是我儿子。"

"啊哈！"阿尔特先生边说边向年轻人鞠躬回礼，"所以你没坐上安莱拉号？"

"没有，先生。我正打算说。因为引擎出了故障，安莱拉号延误了二十四小时。本来我应该在前天晚上出发，结果被延误到了昨晚。可我刚好买了份报纸，就看到了我们家的——发生在我们家的可怕惨剧。"他声音哽咽，泪水奔涌而出，"我可怜的父亲——我可怜的，可怜的父亲。"

雷诺夫人盯着他，呓语般地重复说道："所以你没上船？"

接着，她疲劳至极地做了个手势，喃喃自语道，"总之现在一切都不重要了。"

"请坐吧，雷诺先生，"阿尔特先生指着一把椅子说，"对你的遭遇我深表同情。听到这个消息，你肯定受到了沉重的打击。不过，幸好你没有坐船离开。希望你能给我们提供一些信息，以便我们查清此案。"

"听你吩咐，先生，尽管问吧。"

"首先，我了解到，你这次出行是你父亲的要求？"

"是这样的，先生。我收到一封电报，命令我即刻赶往布宜诺斯艾利斯，从那儿经过安第斯山到瓦尔帕莱索①，再去圣地亚哥。"

"啊！那么此行的目的是？"

"我不知道。"

"什么？"

"不，你瞧，电报在这儿。"

法官接过电报，大声读了起来："'速去瑟堡，乘今晚的安莱拉号去布宜诺斯艾利斯，最终目的是圣地亚哥。抵达布宜诺斯艾利斯后将有进一步指示。别误了船期，事关重大。雷诺。'以前你父亲有没有提起过此事？"

杰克·雷诺摇摇头。

"只在这封电报里提到过。当然，我知道我父亲在那里住过很长时间，在南美肯定有很多产业，可他从来没说过让我去那里。"

"雷诺先生，那你理所当然也在那里住了很久了？"

---

①智利中部港口城市。

"我在那儿度过了童年。但我在英国接受教育，大部分的假期也是在那里度过的，所以我并不像人们想象中那么了解南美。"

"你在英国空军服过役，对吗？"

"是的，先生。"

阿尔特先生点点头，继续按照大家所熟知的方式询问着。杰克·雷诺的回答也很明确，父亲在圣地亚哥或者南美其他地方有没有敌人他完全不知道，最近也没有发现父亲的举止有何变化，而且从未听父亲提过什么秘密。他认为这趟南美之行是关于生意上的事。

在阿尔特先生停顿的间歇，吉劳德平静的声音插了进来。

"我想问几个问题，法官先生。"

"你想问就问吧，吉劳德先生。"法官冷冷地说。

吉劳德把椅子稍稍向桌子那儿靠了靠。

"雷诺先生，你跟你父亲的关系好吗？"

"当然。"年轻人傲慢地回答道。

"你确定？"

"是的。"

"连小争执也没有，嗯？"

杰克耸耸肩。"每个人都会有意见相左的时候。"

"没错，没错。如果有人坚称看到你在去巴黎的前一天晚上，跟你父亲发生过激烈的争吵，那么这人肯定是在撒谎了？"

我不禁佩服起吉劳德的独出心裁来。"我对一切都了如指掌。"——这种自负可不是凭空而来的。显然，这个问题让杰克·雷诺很慌乱。

"我们——我们确实争论过。"他承认。

"啊，争论！在争论的过程中，你有没有说过这样的话：'你

84

死了之后，我爱干什么就干什么'？"

"可能说过，"杰克嘀咕着，"我不知道。"

"你父亲是不是回答说'但是我还没死'？然后你接着说'我希望你早点死'？"

那孩子没说话，两只手紧张地摆弄着面前桌子上的东西。

"你必须回答我，雷诺先生！"吉劳德严厉地说道。

那孩子把一把沉甸甸的裁纸刀扫落在地上，愤怒地大喊："那又怎样？没错，我是跟父亲吵过架，可能说过这些话——可我太生气了，根本不记得自己说过什么。我当时气疯了，恨不得杀了他——你好好利用这一点吧！"他挑衅似的靠在椅子上，满脸通红。

吉劳德微微一笑，把椅子稍微往后挪了挪，说："就这些了。阿尔特先生，你肯定想继续审问吧。"

"啊，是的，没错，"阿尔特先生说，"你们为什么吵架？"

"我拒绝回答。"

坐在椅子上的阿尔特先生挺了挺身子。

"雷诺先生，不可蔑视法律！"他叫道，"你们为什么吵架？"

年轻的杰克仍旧沉默不语，稚气的脸上阴云密布。一个沉着冷静的声音传了过来，是赫尔克里·波洛。

"法官先生，如果你想听，我可以告诉你。"

"你知道？"

"我当然知道。他们吵架是因为玛尔特·多布罗尔小姐。"

杰克似乎受到了惊吓，差点跳了起来。法官向前探了探身。

"是这样吗，先生？"

杰克·雷诺低下了头。

"是，"他承认了，"我爱多布罗尔小姐，想要娶她为妻。当我跟父亲提起这件事时，他立刻暴跳如雷。我当然无法忍受我心爱的女孩受到羞辱，所以也大发脾气。"

阿尔特先生看着对面的雷诺夫人。

"你知道他们恋爱了，对吗？"

"我曾担心过。"她简单地说。

"母亲！"男孩大声说道，"你也这样！玛尔特美丽又善良，你到底在反对什么？"

"我对玛尔特·多布罗尔小姐没有任何成见，但我更希望你能娶一个英国或法国女孩，而不是一个母亲身份不明的女孩。"

她的声音中充满了对多布罗尔夫人的敌意。我完全能理解，自己的独生子居然爱上了情敌的女儿，一定是个很大的打击。

雷诺夫人继续对法官说道："也许我本应该跟我丈夫谈一谈这件事。我希望这只是男孩女孩之间的打情骂俏，如果不理会它，自然很快就会过去的。我为自己的沉默而自责。但是我丈夫，正如我说过的那样，他很焦虑、担心，跟从前大不相同，所以我不愿意让他徒增烦恼。"

阿尔特先生点点头。

"当你告诉你父亲你打算娶多布罗尔小姐时，他很吃惊吗？"

"他好像大吃一惊，然后专横地命令我打消这个念头，他永远都不会答应。我很生气，问他为什么排斥多布罗尔小姐。他并没有给我满意的答案，却带着轻蔑的口吻跟我讲起了这对母女神秘的身世。我说我娶的是玛尔特，不是她的身世。可他冲我大喊大叫，拒绝再讨论这件事，而且要我放弃这段感情。这种不公平和强制的方式让我气疯了——特别是他自己也经常关心多布罗尔母女，还老说要让她们来我们家做客。我失去了理智，和他大吵一架。我父亲提醒我说，现在我仍然完全依赖他，而我肯定是反击了他，说他死后我爱干什么就干什么——"

波洛飞快地提了一个问题，打断了杰克的话。

"那你知道你父亲遗嘱的内容了？"

"我知道他把一半财产留给了我，另一半给了我母亲，她去世后我才能继承。"年轻人回答道。

"你继续说。"法官说道。

"之后我们两个人愤怒地对喊，然后我猛地想起火车就要误点了，虽然余怒未消也只好往车站跑去。然而，离开家之后，我冷静了下来。我给玛尔特写了封信，告诉她这件事，而她的回信更加平复了我的心情。她说只要我们情比金坚，任何反对最终都会得以解决。我们的爱情必须经过考验和证明，而且如果我的父母将来知道我不是盲目迷恋她，对我们的态度一定会缓和下来的。当然，我没有告诉她我父亲反对的主要原因。我很快就明白了，激烈的言行对我们的事没有好处。"

"另外一个问题，雷诺先生，你是否熟悉'杜维恩'这个名字？"

"杜维恩？"杰克说，"杜维恩？"他探身向前，慢慢地捡起他刚才扔在桌上的那把裁纸刀。他抬起头时，正好迎上了吉劳德的目光。

"杜维恩？不，我不知道。"

"你可否读一下这封信，雷诺先生，然后告诉我知不知道是谁写给你父亲的？"

杰克·雷诺接过信，从头到尾读完之后，满脸通红。

"写给我父亲的？"他的语气中明显带着激动和愤慨。

"是的，我们是在他口袋里发现的。"

"是不是——"他迟疑着，快速地向他母亲瞥了一眼。

法官明白了。

"到目前为止，不是。你能否给我们提供一些关于写信人的线索？"

"我什么都不知道。"

阿尔特先生叹了一口气。

"一件神秘之至的案子，啊，好吧，我想我们先不去理会这封信。让我想想刚才问到哪儿了。哦，凶器。雷诺先生，恐怕这会让你感到痛苦。我知道那是你送给你母亲的礼物。真惨，太让人伤心了——"

杰克·雷诺身子前倾。刚才读信的时候他满脸通红，现在却面如死灰。

"你是说——是那把飞机金属材料做成的裁纸刀刺死我父亲的？不可能！那东西那么小！"

"唉，雷诺先生，此事千真万确。理想的小工具，锋利且方便携带。"

"在哪儿？我能看看吗？是不是——还在尸体上？"

"哦，不，已经拔出来了。你想看？要确认一下？夫人已经辨认过了，不过可能看看也好。贝克斯先生，能麻烦你一下吗？"

"当然。我这就去取。"

"带雷诺先生去棚屋不是更好吗？"吉劳德细心地建议说，"他肯定也想见见父亲的遗体。"

那男孩颤抖着做了一个拒绝的手势，而法官总是一有机会就跟吉劳德对着干，他回答说："不，现在不用。还是请贝克斯先生拿过来吧。"

局长离开了房间。斯托纳走到杰克面前，紧紧握住他的手。

波洛站起身来，把一对烛台摆正，在他那双训练有素的眼睛里，这烛台放得有点歪。法官把那封神秘的情书又看了一遍，依然坚持他最初的推论，即有人因为嫉妒从背后刺了死者一刀。突然，门被撞开了，局长冲了进来。

"法官先生！法官先生！"

"在。怎么了？"

"裁纸刀！不见了！"

"什么——不见了？"

"消失了。失踪了。玻璃缸里面是空的！"

"什么？"我大叫一声，"不可能。怪了，今天早上我还看见来着——"我噤声了。

可是全屋人的注意力都转移到了我身上。

"你说什么？"局长喊道，"今天早上？"

"今天早上我看见它还在那儿，"我缓缓说道，"准确地说，是一个半小时之前。"

"这么说，你去过棚屋了？你是怎么拿到钥匙的？"

"我向警官要的。"

"然后你就进去了？为什么？"

我犹豫着，最后决定只有坦白才是上策。

"阿尔特先生，"我说，"我犯下了一个严重的错误，请你宽恕。"

"请说，先生。"

"事实是，"我说，真希望能找个洞钻进去，"我遇到了一个年轻女孩，刚刚认识的。她说她很想看看跟凶杀案有关的所有场面，于是我——总之，我拿了钥匙，带着她去看了尸体。"

"啊！"法官愤愤地说，"你犯了一个严重的错误，黑斯廷斯先生，完全违反了规定，你不应该做出这么荒唐的事。"

"我知道，"我顺从地说，"你怎么责怪我都不过分，先生。"

"是你把这个女孩请过来的吗？"

"当然不是。我遇到她纯粹是个意外。她是个英国女孩，正好住在梅林维尔。遇到她之后，我才知道她也来这儿了。"

"好吧，好吧，"法官的语气缓和下来，"这违反了规定，不过这个女孩肯定年轻貌美，对吗？年轻真是好啊！"他感慨地叹口气。

局长可没有那么浪漫，而是个实际的人。

"可是，你离开的时候，没有把门关上锁好吗？"

"就是这个问题，"我缓缓地说，"我就是为了这个而自责。我的朋友见到尸体之后很不舒服，几乎要晕倒了。我给她喝了点掺了白兰地的水，之后坚持把她送回镇子里。慌乱中我忘了锁门，返回别墅之后才锁上。"

"那起码有二十分钟——"局长缓缓地说道，又停了下来。

"没错。"我说。

"二十分钟。"局长陷入了沉思。

"太糟糕了，"阿尔特先生说，他又恢复了严厉的态度，"史无前例的。"

突然，另一个声音响了起来。

"你觉得这很糟糕吗，法官先生？"吉劳德问。

"当然。"

"我觉得这很好。"吉劳德镇静地说。

这位意外的盟友让我一头雾水。

"很好，吉劳德先生？"法官边问边谨慎地用余光打量着他。

"没错。"

90

"为什么？"

"因为现在我们已经知道凶手或凶手的同伙一个小时之前就在别墅附近。如果知道了这一点还不能手到擒来的话，那就怪了。"他的语气中有种胁迫的意味，"他冒着很大的风险去拿凶器，也许害怕上面有指纹。"

波洛转向贝克斯。

"你说过没有指纹？"

吉劳德耸耸肩。"可能他自己并不确定。"

波洛看着他。

"你错了，吉劳德先生。凶手戴着手套，他绝对确定。"

"我没说这是凶手本人，也许是他不太了解实情的同伙。"

法官的书记员正在整理桌子上的文件。阿尔特先生对我们说："我们的工作结束了。雷诺先生，也许你愿意听一下我们给你的证词做的笔录。我特意让程序简单化。有人认为我的方法太原始，不过我觉得原始有原始的好处。现在，这案子就交接给著名的吉劳德先生了。毋庸置疑，他会名声大振的。老实说，我倒很奇怪他还没有把凶手绳之以法。夫人，请容许我衷心向你表示同情。再见，先生们。"然后，在书记员和局长的陪同下，他离开了。

波洛掏出他那只大怀表，看了看时间。

"我们回旅馆吃午饭吧，朋友，"他说，"然后你向我全盘托出今早轻率言行的始末。没人注意我们，我们也不用告辞了。"

我们悄悄地走出房间。预审法官刚刚坐车走了。我正要走下台阶，波洛叫住了我。

"等等，我的朋友。"

他熟练地掏出卷尺，一本正经地走过去测量挂在门厅里的一

91

件大衣，从领子量到下摆。我之前没看到那里挂着大衣，我猜可能是斯托纳先生或杰克·雷诺的。

　　然后，波洛满意地咕哝了一声，把卷尺放进口袋，跟我走出屋子。

第十二章 波洛阐释了几个疑点

"你为什么量那件大衣?"我们在炎热的白色街道上慢悠悠地走着,我好奇地问。

"哎呀!看看有多长。"我的朋友不慌不忙地说道。

我很郁闷。波洛总是喜欢把什么事都弄得很神秘,他这个无可救药的习惯让我相当气恼。我不说话了,按照自己的想法去思考。虽然当时我没有留心,现在却蓦地想起了雷诺夫人对她儿子说的话,似乎另有含义。"原来你没有上船?"她说,然后又补充道,"总之现在一切都不重要了。"

她这话是什么意思?像个谜——意味深长。有没有可能她知道更多的事?她说自己对于丈夫派给儿子的神秘任务一无所知。她真的像她表现出来的那么无知吗?要是她愿意,能为我们提供些线索吗?她的沉默,是不是经过深思熟虑、事先计划好的呢?

我越想越认定自己是对的。雷诺夫人知道得不少,却不愿意告诉我们。看到儿子时,她很吃惊,所以一时说走了嘴。我相信,就算她不认识凶手,起码也知道谋杀的动机。但是某些强有力的理由让她三缄其口。

"你想得很入神,我的朋友。"波洛打断了我的思绪,说道,"什么事让你这么好奇?"

虽然料到他会嘲笑我,但我相信自己的推论,就告诉了他。

让我意外的是，他居然若有所思地点点头。

"你说得很对，黑斯廷斯，从一开始我就确信她对我们有所保留。起初我怀疑就算不是她唆使的，起码她也是纵容犯罪。"

"你怀疑她？"我大喊。

"当然。她受益最多——其实，根据这份新遗嘱，她是唯一的受益人，所以从一开始我就注意她了。也许你注意到了，我早就找机会检查她的手腕，想看看是不是她自己塞住了嘴巴绑住了手脚。好吧，我一眼就看出来她没有作假，绳子绑得很紧，都勒进肉里去了。所以这就排除了她单独作案的可能性。但她仍有可能是煽动者、纵容者或者共犯。而且，她的说法听着很熟悉——两个她不认识的、戴着面具的男人，还提到了'秘密'。我以前听过或者读过类似这种事。另一个证实我的推论的小细节就是她没有说实话。手表，黑斯廷斯，那只手表啊！"

又是手表！

波洛好奇地盯着我。"你看到了，我的朋友，你明白了吗？"

"没有！"我顶撞道，"我既没看见也没明白。你总是那么神秘兮兮地讨人厌，问你也不肯说，就喜欢在最后一分钟才解开谜团。"

"别生气，我的朋友，"波洛微笑着说，"如果你想听，我就解释给你，但一个字也不要告诉吉劳德，好吗？他认为我是个可有可无的老头子！走着瞧！亏我还给他了一个暗示。如果他不根据暗示行动，那就是他自己的事了。"

我向波洛保证，他可以相信我。

"好吧！我们来用一用那小小的灰色脑细胞。告诉我，我的朋友，你认为悲剧发生在什么时候？"

"哦，两点钟左右啊。"我吃惊地说，"别忘了，雷诺夫人告诉我们，那两个歹徒在屋子里的时候，她听见钟敲了两下。"

"没错。正是基于此，你、法官、贝克斯或者其他人便接受了这个说法，而没有进一步追究。可是我，赫尔克里·波洛，却说雷诺夫人撒谎了。案发时间至少要提前两个小时。"

"但是医生们——"

"他们验完尸体之后，宣称死亡时间在七到十个小时之前。我的朋友，出于某种原因，表面的案发时间必须比实际时间看起来晚一些。你读过一只打碎的手表或钟记录着确切的案发时间这种故事吗？所以不能只听雷诺夫人的证词来确定时间，有人把手表的指针拨到两点，然后把它使劲摔在地板上。不过他们搬起石头砸了自己的脚，当然这也是常有的事。表盘上的玻璃碎了，不过手表的机芯没有受损。这对他们的计划来说是灾难性的，因为如此一来我的注意力马上集中在两点上：第一，雷诺夫人在撒谎；第二，推迟时间一定有重要的原因。"

"会是什么原因呢？"

"啊，就是这个问题。整个秘密就在这儿。然而我解释不了。目前我只想到有一个可能性。"

"什么？"

"最后一班车离开梅林维尔的时间是十二点十七分。"

我慢慢地想明白了。

"如果凶案看起来是在两个小时之后发生的，那么乘坐那班车的人就有了无懈可击的不在场证明！"

"太好了，黑斯廷斯，你想到了！"

我跳了起来。

"我们得去火车站问问！要是有外国人坐那班车，人们一定能注意到！我们马上出发！"

"你是这么想的吗，黑斯廷斯？"

"当然了。现在就走吧。"

波洛轻轻地碰了一下我的胳膊，给我高涨的情绪降了降温。

"我的朋友，你想去就去吧——但是如果你真去了，我可不会让你打听那两个外国人的情况。"

我瞪着他，他不耐烦地说："哎呀，哎呀，你该不会真的相信那些鬼话吧？戴面具的人之类的故事？"

他的话让我一头雾水，不知道该如何作答。他从容不迫地继续说："你听到我对吉劳德说的话了，我对这一类犯罪的细节非常熟悉。这就推测出了上面我说到的那两件事中的一件：要么是计划上一个案子的人也策划了这件案子，要么是他读过那件轰动的大案子，不知不觉就记在脑中，从而刺激他设计了相似的细节。根据这一点，我可以断言——"他打住了。

我脑袋中萦绕着种种问题。

"但是雷诺先生的信怎么解释？上面清楚地写到了'秘密'和'圣地亚哥'。"

"雷诺先生肯定有一个秘密——这是确凿无疑的。另一方面，我认为'圣地亚哥'就是一条红鲱鱼①，反复提出来只是为了误导我们。有可能曾经有人以同样的方式这么对待过雷诺先生，好让他对近在眼前的事情不起疑心。哦，黑斯廷斯，你要相信，他的威胁不在圣地亚哥，而是就在法国，就在这附近。"

他说得如此认真，把握十足，我不由得被他说服了。但我还是试着提出了反对意见。

"那在尸体附近发现的火柴和烟蒂又是怎么一回事？"

---

①意为转移注意力的话。

波洛脸上洋溢着快乐无比的光彩。

"故意放在那里的！就是为了让吉劳德那种人发现的。啊，吉劳德挺聪明的，会耍小把戏。一头上好的猎犬也会！他对自己的收获大为满意。他在地上趴了好几个小时。'看我发现了什么？'然后又对我说，'你看到了什么？'我？我深刻而真实地回答：'什么也没看到。'于是吉劳德，伟大的吉劳德，他大笑，心想：'哦，这个老头儿是个笨蛋。'不过我们走着瞧……"

可是我的思绪却转到那几个事实上去了。

"那么关于戴面具的人的说法——"

"假的。"

"到底是怎么回事？"

波洛耸耸肩。

"有个人能告诉我们——雷诺夫人。但她是不会说的。威胁和仇恨都无法动摇她。她是个非比寻常的女人，黑斯廷斯。我第一眼看见她，就知道我们面对的是一位个性非凡的人。我跟你说过，一开始我怀疑她跟凶杀案有关，之后我改变了这个想法。"

"是什么让你改变的？"

"她看到丈夫的尸体所表现出来的本能的真实的悲痛。我可以发誓，她那哭喊声中饱含的痛苦是发自肺腑的。"

"是的，"我若有所思地说，"这种事错不了。"

"抱歉，我的朋友——人总会犯错。好比一个伟大的女演员，在演绎悲痛的时候不也让人很感动很震撼吗？不，不管我获得的印象或者信念有多强烈，我都需要有其他的证据才能让自己满意。一个罪行累累的人也有可能是伟大的演员。在这个案子中我的推论，不是基于我所获得的印象，而是根据雷诺夫人的确昏过去了这一事实。我翻了她的眼皮，也摸了她的脉搏，不是假的——是真的昏过去了。因此我相信她的痛苦是真实而非假装的。另外，再说一个小细节：雷诺夫人没有必要去表现那种过度的悲伤。听到丈夫的死讯时她已经发作过一次了，看到尸体时没有必要再次激烈地发作。不，雷诺夫人不是杀害她丈夫的凶手。可她为什么撒谎呢？手表的事她撒了谎，以及关于戴面具的人的问题——还有一件事她也撒谎了。告诉我，黑斯廷斯，你怎么解释开着的门？"

"呃，"我大窘，"我猜是疏忽，忘了关门。"

波洛摇了摇头，叹口气。

"这是吉劳德的解释，我并不满意。门开着，背后一定有某种意义，只是我现在还想不出来。我能确定的一件事就是，他们没有从门那儿离开，而是通过窗户走的。"

"什么？"

"就是这样。"

"可是窗户下面的花坛里没有脚印啊。"

"是没有——而且本来是应该有的。听着，黑斯廷斯。你也听花匠说了，前一天下午他在两个花坛里都种上了新的花。一个花坛里满是他钉靴留下的脚印，可另一个——没有！你明白了吗？有人从那里走了过去，为了弄掉脚印，他们用耙子把花坛里的土给弄平整了。"

"他们从哪儿弄来的耙子？"

"从他们拿铁铲和花匠手套的地方。"波洛不耐烦地说，"这并不难。"

"为什么你认为他们是从那儿走的？他们从窗户进来，再从前门离开更有可能啊。"

"当然有可能，可是我有个强烈的想法，他们是从窗户爬进去的。"

"我觉得你错了。"

"也许吧，我的朋友。"

我思索着，波洛的推论为我的猜想开拓了一片新视野。我记起当他神秘地提到手表和花坛时我的惊讶。那时候他说的话似乎毫无意义，而现在，我第一次意识到，根据几件微不足道的小事。他便能解开围绕整个案件的大部分谜团。太厉害了！我对我的朋友表达了一份迟到的敬意。

"在这期间，"我边说边想，"虽然我们已经掌握了大量资料，可对于是谁杀了雷诺先生，似乎成效不大。"

"没错，"波洛愉快地说，"老实说，还早呢。"

这一事实似乎让他感到特别满足。我惊奇地瞪着他。他正视着我，笑了。忽然间我灵光一现。

"波洛！雷诺夫人！现在我明白了，她一定是在保护某个人。"

波洛平静地接受了我这句话，我能看出来他早就想到这一点了。

"是的，"他沉思着说，"保护某人——或者掩护某人。其中之一。"

我们走出旅馆时，他做了个手势让我不要说话。

99

第十三章 眼神焦虑的女孩

我们胃口大开地吃了一顿午饭。有段时间我们默默地吃着，之后波洛不怀好意地说道："对了，你那轻率的言行！你不打算说了吗？"

我觉得自己脸红了。

"哦，你是说今天早上？"我努力装出冷淡的语气。

可我不是波洛的对手。短短几分钟，他就从我嘴巴里套出了整个故事，听得眼睛一眨一眨的。

"啊，好浪漫的一个故事！这个年轻而迷人的女孩叫什么？"

我不得不承认自己不知道。

"更浪漫了！第一次邂逅是在开往巴黎的火车上，第二次是在这里。'旅途结束而情人相聚'，是不是这么说的？"

"别傻了，波洛。"

"昨天是多布罗尔小姐，今天则是——'灰姑娘'小姐！你简直就像土耳其人那样多情，黑斯廷斯！你应该建造一座后宫！"

"你拿我开玩笑没关系，多布罗尔小姐是个非常美丽的女孩，而且我确实相当仰慕她——我不介意承认这一点。另一个根本没什么，我想以后我也不会再见到她了。"

"你不打算去看她了吗？"

最后这几个字充满了疑问，我感觉到他向我投来锐利的一瞥。我觉得自己眼前写着大大的几个字：灯塔旅馆。她的声音又在我耳边响起："过来看我吧。"而我真诚地回答说："我会的。"

我非常轻松地回答波洛道："是她让我去看她的。不过，当然了，我不会去的。"

"为什么是'当然了'？"

"呃，我不想去。"

"你说'灰姑娘'小姐现在住在英国旅馆，对吗？"

"不，是灯塔旅馆。"

"哦对，我忘了。"

我脑海中闪过一丝疑惑。我确定自己从来没跟波洛提过任何旅馆的名字，然而我看看对面的他，便放下心来。他正在把面包整整齐齐地切成一个个小方块，专注到极点。他肯定是弄错了，以为我之前告诉过他女孩所住旅馆的名字。

我们坐在外面，面对大海，喝着咖啡。波洛抽了一根小香烟，然后从口袋里掏出怀表。

"去往巴黎的火车两点二十五分开，"他说，"我应该出发了。"

"巴黎？"我大喊。

"正是，我的朋友。"

"你要去巴黎？为什么啊？"

他非常严肃地回答道："去寻找杀害雷诺先生的凶手。"

"你认为他在巴黎？"

"我很确定他不在那儿。不过，我还得去那儿找。你不明白，但我会在适当的时候跟你解释的。相信我，这次去巴黎很有必要。我不会待太久，多半明天早上就回来了。我不建议你跟我一起去。待在这儿，盯着吉劳德，跟小雷诺先生交个朋友。"

"这倒提醒我了，"我说，"你怎么知道他们两个的事？"

"我的朋友——我了解人性。把小雷诺这样的小伙子和玛尔特小姐这样的美女放在一起，不可避免地会产生这样的结果。至于父子吵架，不是为了钱就是为了女人。随后我记起莱奥妮描述的年轻人发怒的样子，所以认定是后者，所以我猜测了一下——而且猜对了。"

"你猜到她爱小雷诺了？"

波洛微微一笑。

"不管怎么说，我看到了她那焦虑的眼神，所以我对多布罗尔小姐总有这种印象——眼神焦虑的女孩。"

他语气非常严肃，这让我不太舒服。

"你这话是什么意思，波洛？"

"我在想，我的朋友，用不了多久事情就会明了了。但是现在我要动身了。"

"我去送你。"说着，我站起身。

"不要去。我不允许。"

他语气专横，我吃惊地瞪着他。他用力点点头。

"我是说真的，我的朋友。再见。"

波洛走了以后，我无所事事，便闲逛到沙滩，看着那些游泳的人，也没有兴致加入他们。我幻想着也许灰姑娘正花枝招展地在人群中嬉水呢。但我并没发现她的身影。我漫无目的地沿着沙滩向小镇另外一个方向溜达过去，忽然想到，去问候她也算是得体，这样可能会省掉不少麻烦，事情也算告一段落，以后也没有必要再为她烦心了。可如果我不去，也许她会来别墅找我。

于是，我离开海滩，朝镇上走去，很快就找到了灯塔旅馆，一个非常朴素的地方。

不知道女孩的名字，这着实恼人，为了维护自己的尊严，我决定进去四处转转看，没准能在大厅碰到她。我走进去，可是没看到她。我等了一段时间，耐心尽失，便把门房拉到一旁，塞给他五法郎。

"我想找一位住在这儿的小姐，一个英国姑娘，小个子，头发很黑，我记不清她的名字了。"

那人摇了摇头，似乎在拼命憋着不笑出来。

"这里没有你说的那位小姐。"

"可这位小姐告诉我她就住在这儿。"

"先生一定是弄错了——或者可能是那位小姐弄错了，因为刚才还有另外一位先生来问过她。"

"你说什么？"我吃惊地大喊。

"是真的，先生，那位先生描述得跟您一模一样。"

"他长什么样？"

"小个子，衣着讲究、整洁，一尘不染，胡子硬邦邦的，头型有点怪，眼睛是绿的。"

波洛！所以他不让我送他去车站。岂有此理！他不管我的事，我感谢还来不及呢，莫非他以为我需要个保姆吗？

我谢过门房，离开了，有些无所适从，对我那爱管闲事的朋友仍然很气愤。

可那女孩在哪儿？我压下怒气，理一理思路。很明显，由于一时疏忽，她把旅馆名字说错了。不过我又想到，是她一时疏忽吗？还是故意隐瞒名字，告诉我一个错误的地址？

我越想越觉得后面这个猜测是对的。出于某种原因，她不愿意把我们的几面之缘发展成友情。虽然半小时之前我心里也是这么想的，可情况发生了逆转，我却高兴不起来。整件事让人非常郁闷，我闷闷不乐地走到热纳维耶芙别墅，不过没有进屋，而是沿着小路走到小棚屋旁边的长椅上，沮丧地坐了下来。

附近的说话声打断了我的思绪。一两秒钟之后我意识到这声音并非来自我所在的花园，而是隔壁玛格丽特别墅的花园，而且声音越来越近。说话的是个女孩，我听出来是美丽的玛尔特小姐。

"亲爱的，"她说，"是真的吗？我们的麻烦都解决了？"

"你知道，玛尔特，"杰克·雷诺回答道，"相信我，没有什么能把我们分开了。阻止我们在一起的最后一个障碍已经除掉了。没什么能把你从我身边带走了。"

"没什么……"女孩喃喃地说，"哦，杰克，杰克，我害怕。"

我意识到自己无意中偷听了别人的谈话，所以想离开这儿。我站起来时，从篱笆的一个缺口中看到了他们，他们朝我这个方向站在一起，男孩搂着女孩的腰，看着她的眼睛。他们真是太般配了，男孩黝黑健壮，女孩貌美如花。两人站在那儿，简直就是天生一对。虽然悲剧笼罩在他们年轻生命的上空，可他们的样子还是很幸福。

但是女孩一脸的不安，杰克·雷诺好像看出来了，于是把她搂得更紧了，问道："亲爱的，你在害怕什么呢？还有什么好怕的？"

这时我看到了她的眼神，正如波洛所说的那样，所以我猜她大概是在说："我害怕——为了你。"

我没听见小雷诺说了什么，因为我的注意力被篱笆往前一点的一个奇怪的东西给吸引住了，那儿好像出现了一丛棕色的灌木。这怎么说也太古怪了，因为夏天才刚到呢。我沿着篱笆走上前去查看，可当我走近时，那丛棕色的灌木竟然猛地往后退，面对着我，把一根手指头贴在唇边。原来是吉劳德。

他示意我别说话，带着我绕过棚屋，一直走到听不见他们说话为止。

"你在那儿干什么？"我问。

"跟你一样——听。"

"可我不是故意在那儿的！"

"啊，"吉劳德说，"我是。"

像往常那样，虽然我讨厌他，可不得不佩服他。他带点鄙夷的表情打量着我。

"我马上就能听到重要的信息了，结果你闯了进来，误了我的事。你跟你那个老顽固朋友怎么样了？"

"波洛去巴黎了。"我冷冷地回答。

吉劳德轻蔑地捻着手指。"原来他去巴黎了，哈？哦，这是好事啊，他在那儿待得越久越好。可他去那儿打算找什么呢？"

我从这个问题中读出了一些不安，于是挺直了腰板。

"我现在不方便说。"我平静地说道。

吉劳德目光锐利地瞪了我一下。

"没告诉你，算他有点脑子。"他粗鲁地说，"再见，我很忙。"说完他转身就走，毫不客气地把我留下了。

热纳维耶芙的案子似乎没多大进展。很明显，吉劳德不希望我在他旁边碍事；而且，在我看来，杰克·雷诺肯定也不希望我在旁边。

我返回镇上，痛快地游了个泳，然后回到旅馆，很早就上床休息了，想着不知道明天会发生什么有趣的事。

第二天发生的事让我彻底手足无措。我正在餐厅吃早饭，侍者在外面跟别人聊天。忽然他很激动地跑了进来。他不安地揉捏着餐巾，犹豫了片刻，然后冒出了一句："抱歉，先生，您是不是跟热纳维耶芙别墅的案子有关系？"

"是的，"我着急地说，"怎么了？"

"先生还没听说这消息吗？"

"什么消息？"

"昨天晚上那儿又发生了一起命案！"

"什么！"

我扔下早饭，抓起帽子，快速跑了出去。又一件谋杀案——波洛却不在！太糟了！可被杀的是谁呢？

我跑进大门口，一群仆人正站在车道上比比画画、七嘴八舌的。我抓住弗朗索瓦丝。

"发生什么事了？"

"哦，先生！先生！又死了一个！太可怕了！这房子被诅咒了。没错，要我说就是被诅咒了！他们应该请牧师过来洒圣水！我再也不敢在这屋檐底下过夜了。没准下次就是我——谁知道啊！"

她在胸前画了个十字。

"你说得对。"我叫道，"可是谁被杀了？"

"我？我怎么知道？一个男人——陌生人。他们在那儿——棚屋那儿——发现的。距离发现可怜的先生的地方不到一百码。这还不算，他是被刺死的——被同一把刀刺中了心脏！"

第十四章　第二具尸体

我等不及了，转身沿着小路跑向棚屋。两个守在门口的警官退到两旁让我过去。我紧张地走了进去。

里面很暗，这是一间放旧陶器和园艺工具的简陋木屋。我冲了进去，但却停在了门口，被眼前的景象吸引住了。

吉劳德趴在地上，手里拿着一只电筒，正在仔细搜寻每一寸地面。他抬起头，看到我进来，皱了皱眉，表情稍稍放松了些，用一种愉快的声调说："啊，英国佬，进来吧。看看你能发现什么！"

他的语气让我颇为生气，我低着头进了棚屋。

"就在那儿。"说着他用手电筒照了照棚屋的一个角落。

我走过去。

死者仰面躺在地上，中等身材，皮肤黝黑，五十岁左右，身上穿着做工优良、剪裁得体的深蓝色西装。他的脸可怕地扭曲着，在他身体左侧、心脏上方，竖着一个又黑又亮的刀柄。我立刻认出来了，就是我前天早上在玻璃缸里见过的那把裁纸刀！

"我在等医生过来，"吉劳德解释说，"其实并不需要他。死因很明显，这个人被刺中了心脏，当场死亡。"

"什么时候发生的？昨天晚上吗？"

吉劳德摇摇头。

"不可能。我在等法医报告，不过我敢说这人至少已经死了十二个小时了。你最后一次看到裁纸刀是什么时候？"

"昨天早上十点左右。"

"既然这样，我认为没过多久凶案就发生了。"

"可棚屋这儿总有人经过啊。"

吉劳德的笑声让人很不舒服。

"谁说这人是在棚屋被杀的了？"

我脸红了。

"我……我想是这样——"

"多么厉害的侦探啊！看看他，一个被刺中胸口的人会这样倒在地上吗，双手贴在身旁、双腿并拢？当然不会了！还有，他会躺在那儿，任凭别人刺一刀，也不举起双手自卫吗？很荒谬，对吗？再看看这儿——还有这儿——"

吉劳德用手电筒照着地面，我看到松软的泥土上有不规则的奇怪痕迹。

"他是死后才被拖到这儿来的——两个人，半拖半扛的。外面的硬土上面没有留下脚印，而这里的已经被他们擦掉了。不过还是留下了线索。我敢跟你保证，我的朋友，其中一个是女人。"

"一个女人？"

"没错。"

"但是如果痕迹被擦掉了，你是怎么知道的？"

"虽然不太清楚，不过肯定是女人的鞋印。还有，这个——"

他从刀柄上拿起一样东西，递给我。是一根女人的头发，又黑又长，和波洛在书房椅背上发现的很像。

他讽刺地笑了笑，把头发缠回刀柄上。

"我们要尽量保持原状，"他解释说，"预审法官会很高兴的。

那么，你还注意到其他什么没有？"

我不得不摇摇头。

"看他的双手。"

我看到他的指甲是折断的，皮肤表面硬化了。我没能发现什么，便抬头看着吉劳德。

"这不是绅士的双手，"吉劳德回答了我的疑问，"可他却穿着有钱人的衣服，这不奇怪吗？"

"很奇怪。"我同意。

"而且他的衣服上没有任何标记。我们能了解到什么？这个人想冒充别人，他化了装。为什么？他在害怕什么？他是不是想借着伪装来逃跑？虽然我们还无法知道，但起码知道一件事——他急着掩饰自己的身份，而我们同样想尽快查出来。"

他又向下看着尸体。

"跟之前一样，裁纸刀上没有任何指纹。凶手这次也戴了手套。"

"那么你认为这两个案子是同一个凶手做的吗？"我着急地问道。

吉劳德讳莫如深。

"别管我怎么想的，我们会明白的。马尔绍！"

警官出现在门口。

"先生？"

"雷诺夫人怎么没在这儿？我十五分钟前就派人请过她了。"

"她正顺着小路过来，先生，她儿子陪着她。"

"好。不过我一次只见一个。"

马尔绍敬了个礼，走了。没多久，他带着雷诺夫人进来了。

"夫人来了。"

吉劳德上前微微欠了欠身。

"这边走，夫人。"他把她带了过去，接着忽然往旁边一闪，"就是这个人。你认识吗？"

说这话时，他目光尖锐地看着她的脸，试图看穿她的心思，辨别她每一个表情的含义。

但是雷诺夫人十分镇静——我觉得太镇静了。她低头看了看尸体，一点兴趣也没有，也没有任何激动或者认出来的迹象。

"不认识，"她说，"我这辈子从来没见过这个人，完全是陌生人。"

"你确定？"

"非常确定。"

"你不觉得他是袭击你的那两个人中的一个？"

"不是。"她有些犹豫，好像猛然想到什么似的，"不，我认为不是。当然，他们留着胡子——法官认为是假的——不过，不是。"她似乎拿定了主意，"我确定，不是他们之中的任何一个。"

"好，夫人，就这些。"

她走了出去，太阳照着她银色的头发。之后，杰克·雷诺走了进来。他的一言一行都非常自然，而且也不认识死者。

吉劳德只是咕哝了一声，我不知道他是高兴还是生气。他对马尔绍说道："把下一个带过来！"

"下一个"是多布罗尔夫人。她愤怒地走进来，激烈地抗议道："我抗议，先生！这是一种侮辱！我跟这一切有什么关系？"

"夫人，"吉劳德直截了当地说，"我正在调查的不是一件谋杀案，而是两件！据我所知，你跟这两个案子都有关系！"

"你怎敢这么说话！"她大叫，"你竟敢胡乱指控我？太无耻了！"

"无耻？那这个呢？"他再次弯下腰拿起了头发，举到她面前，"看到没有，夫人？"他向前逼近一步，"你允许我比对一下吗？"

她大叫一声，向后倒退一步，嘴唇发白。

"是假的，我发誓。我对凶案一无所知，两件都不知道。谁要说是我做的，谁就在撒谎！啊，天哪，我该怎么办！"

"冷静点，夫人，"吉劳德冷冷地说，"还没有人指控你。不过，你要好好回答我的问题，别找麻烦。"

"随你，先生。"

"看看死者，你之前见过他吗？"

多布罗尔夫人靠近一点，脸上有了点血色，既好奇又感兴趣地看着受害人，然后摇摇头。

"我不认识他。"

语气十分自然，教人无法怀疑她。吉劳德点点头，让她走了。

"你让她走了？"我低声问道，"这样做明智吗？那根黑头发绝对是她的。"

"我不需要你来教我，"吉劳德冷淡地说，"她在我们的监视之中，现在我还不想抓她。"

然后，他皱着眉头，俯视尸体。

"你觉得这是个西班牙人吗？"他忽然问道。

我仔细端详着。

"不，"我最后说道，"我觉得他肯定是个法国人。"

吉劳德不满意地嘀咕了一声。

"跟我想的一样。"

他站了一会儿，然后做了个命令的手势示意我闪开，然后再一次趴在地上，继续搜寻棚屋的地面。他很厉害，什么也逃不过他的眼睛。他一寸一寸地在地上匍匐前进着，翻动花盆，检查旧麻袋。他朝门旁边的一捆什么东西猛扑过去，却只是一件破大衣和破长裤。他谩骂一声，把它们扔了出去。他对两双旧手套产生了兴趣，后来却摇摇头，丢在一旁。然后，他回到花盆这儿，有条不紊地一一检查着。最后他站起来，若有所思地摇摇头，似乎被难住了，很迷惑。我觉得他早就忘记我的存在了。

但就在这时，外面传来一阵骚动和喧闹，我们的老朋友法官先生在书记员和局长的陪同下一起乱哄哄地走了进来，后面还跟着一个医生。

"太不寻常了，吉劳德先生，"阿尔特先生大喊，"又一起凶杀案！啊，第一个案子还没查清楚呢。这里面深藏着一些秘密啊。这次被害的是谁？"

"法官先生，没人知道，还没人认出来。"

"尸体在哪儿？"医生问。

吉劳德往旁边让了让。

"那边的角落里。你也看见了，他的心脏被刺了一刀，用的是昨天失踪的那把裁纸刀。我想凶杀案是紧接着失窃案之后发生的——但是这一点由你来判断。你可以自由处置这把裁纸刀——上面没有指纹。"

医生跪在死者旁边，吉劳德转向预审法官。

"小问题，对吧？但我会解决的。"

"没人能认出他来，"法官沉思地说，"有没有可能是其中一个凶手？他们也许会自相残杀。"

吉劳德摇摇头。

"这人是个法国人。我敢发誓——"

这时，医生打断了他的话。他神情复杂地单膝跪在地上。

"你说他是昨天早上被杀的？"

"我是根据裁纸刀被偷的时间推断的。"吉劳德解释说，"当然了，也可能是那天晚些时候。"

"那天晚些时候？胡说！这人死了至少四十八小时了，没准儿更多。"

所有人都惊呆了，大家面面相觑。

第十五章 一张照片

　　我们所有人都被医生的话惊呆了。死者是被一把裁纸刀刺死的，要知道，这把刀二十四小时之前刚刚被盗，可杜兰德医生坚称这个人至少死了四十八小时。整件事太匪夷所思了！

　　我们还没从震惊中恢复过来，有人拿给我一封电报。是从旅馆送到别墅的。我打开电报，是波洛发来的，说他乘坐的火车将在十二点二十八分抵达梅林维尔镇。

　　我看了看手表，知道还有时间从容地去车站接他。我认为他应该立刻知道新的案情，这一点很重要。

　　我想，波洛一定是很容易地找到了他想在巴黎找的东西。他只用了几个小时就飞快地回来了，已经证明了这一点。我在想，不知道他听了这个惊人的消息之后会有什么反应。

　　火车晚了几分钟，我漫无目的地在站台上来来回回地走着，忽然想到也许我可以打听一下，惨剧发生的当晚，是谁乘坐最后一班火车离开梅林维尔镇的，也好打发打发时间。

　　我走向那个样子看上去很聪明的搬运工人的头儿，没怎么费力就跟他谈起了这个问题。他义愤填膺地宣称：要是让这帮歹徒、刺客逍遥法外的话，这绝对是警方的耻辱。我暗示说他们有可能乘午夜的火车离开，可他坚决否认，说要是有两个外国人的话，他一定会注意到的——他能确定。只有二十个人左右坐那班车，他不可能没注意到。

我不知道自己怎么冒出来这么个想法——可能是受到了玛尔特·多布罗尔那焦虑的语气的影响——我忽然问道："雷诺少爷——他没有坐那趟火车吧？"

"哦，不，先生。他到了车站，又走了，前后一共不到半小时。这也没什么。"

我瞪着他，不知道这句话是什么意思。接着，我明白了。

"你是说，"我的心怦怦直跳，"杰克·雷诺先生那天晚上到了梅林维尔？"

"是啊，先生，坐的是另一个方向的车，十一点四十分的。"

我脑袋一阵眩晕。那么，这就是玛尔特焦虑不安的原因了。发生命案的那天晚上，杰克·雷诺就在梅林维尔。可是他为什么没说？相反，为什么他要让我们相信他一直都在瑟堡？回想起他坦率稚气的脸庞，我很难让自己相信他跟凶杀案有牵连。然而，这样一个至关重要的问题，他为什么保持缄默？有一点是可以肯定的，玛尔特自始至终全都知道，所以才会着急地问波洛有没有人被怀疑。

我的思绪被火车进站的声音给打断了。几分钟后，我走上前迎接波洛。这个小个子容光焕发，微笑着，大声喊叫，全然忘记了我那英国式的拘谨，人还在站台上就热情地拥抱我。

"我亲爱的朋友，我成功了——奇迹般地成功了！"

"真的？听到这个我可真高兴啊。你听说这儿的最新消息没有？"

"我怎么会听到呢？案子有了新的进展，嗯？英勇的吉劳德已经逮捕了一个人？或者，没准儿是好几个？啊，我会让他变得像个傻瓜的，一定的！但你要带我去哪儿，我的朋友？不回旅馆吗？我得照料一下我的胡子——旅途的炎热让它们都变得软塌塌的了。而且，我的大衣上肯定有灰尘；还有我的领带，也要重新理一理——"

我打断了他。

"我亲爱的波洛——别管这些了。我们必须马上回别墅去，那里又发生了一起谋杀案！"

我从来没见过一个人能这么震惊。他的下巴垂了下去，欢快得意的神情消失殆尽。他张大嘴巴瞪着我。

"你说什么？另一起谋杀？啊，这样的话我全错了。我失败了。吉劳德会嘲笑我的——他绝对有理由！"

"那么，你没想到吗？"

"我？完全没想到。我的推论全部被推翻了——一切都毁了——这——哦，不！"他忽然不说话了，捶打着自己的胸口，"但不可能！我不会错的！我理顺了这些事实，按照先后顺序排列好了，只有一种解释。我肯定是对的！我是对的！"

"可是——"

他打断了我。

"等等，我的朋友。我肯定是对的，因此这起新的谋杀案是不可能发生的，除非——除非——哦，求你了，别说话。"

他沉默了一会儿之后，又恢复了常态，平静而自信地说道："死者是个中年人，尸体是在凶案现场附近那个上了锁的棚屋里被发现的，而且死亡时间至少有四十八小时。很有可能的是，他被刺杀的情形跟雷诺先生差不多，虽然不一定也是在背部。"

这回该我张大嘴巴了。就我对波洛的了解，他还从来没做过这么让人惊讶无比的事情呢。我心中布满疑云。

"波洛，"我大叫，"你是在跟我开玩笑吗？你早就听说了

116

吧。"

他那真挚的目光责怪地凝视着我。

"我会做这种事吗？我向你保证，我什么也没听到过。你没注意到，你带来的消息让我吃了一惊吗？"

"可你究竟是怎么知道的？"

"那么，我说对了？我就知道。小小的灰色脑细胞，我的朋友，小小的灰色脑细胞！是它们告诉我的！再没有其他可能了，只有这样才会发生第二起谋杀案。现在把详细的情况都告诉我吧。我们绕到左边，抄近路穿过高尔夫球场，然后到达热纳维耶芙别墅的后院，这样更快一些。"

我们照他说的走上了那条路，我把自己知道的所有情况都告诉了他。波洛听得很专注。

"你说裁纸刀留在了伤口中？那就奇怪了。你确定是同一把吗？"

"绝对确定。可这太不可能了。"

"没什么不可能。也许有两把裁纸刀。"

我抬了抬眉毛。

"这样更加不可能了吧。也太巧合了。"

"你跟以前一样，说话不经过大脑，黑斯廷斯。在某些情况下，有两把相同的凶器是不太可能的，可这回不一样。这把特殊的凶器是杰克·雷诺定制的战争纪念品。你想一下，他多半不会只定一把。很可能他还定了一把自己用。"

"可是没人提过这件事。"我表示反对。

波洛的语气中隐含着一股教训的意味。

"我的朋友，在办案的时候，我们不能只考虑到那些'提到过'的事情。那些很重要的线索没有理由一定要被谁提到。同样，人们也有足够的理由不去提它。你可以在这两个动机中选择一种。"

我沉默了，深受启发。没用多久，我们就来到了那间早已名声在外的棚屋前。我们的朋友都在那儿，相互慰问一番之后，波洛开始工作了。

见过吉劳德工作时的样子之后，我对波洛的工作方式更感兴趣了。他粗略地看了看四周，所检查的事物也仅仅是门边那堆破衣裤。吉劳德的嘴边浮现出一丝不屑的微笑。波洛似乎注意到了，他把衣服扔在了一边。

"是花匠的旧衣服吗？"他问。

"正是。"吉劳德说。

波洛蹲在尸体旁边，手指敏捷而有条不紊地检查着衣服的质地，上面没有什么标记记号，这让他很满意。处理靴子和肮脏折断的指甲时，他特别小心。在检查后者时，他飞快地问吉劳德："你看到没？"

"是的，我看到了。"对方说，表情难以捉摸。

突然，波洛绷紧了脸。

"杜兰德医生！"

"怎么了？"医生走上前去。

"嘴唇上有泡沫，你注意到没？"

"我承认没有注意到。"

"但现在你看到了？"

"哦，当然。"

波洛又问了吉劳德一句："不用说，你注意到了？"

对方没有回答。波洛继续检查着。裁纸刀已经从伤口中拔了出来，放在尸体旁边一个玻璃缸里。波洛检查了一下，然后仔细验伤。再抬起头来时，他两眼发光。

"这伤口可太奇怪了！没有流血，衣服上也没有血渍，只是刀口上有一点变色。你怎么想，医生？"

"我只能说这是最不正常的现象。"

"这最正常不过了，简单至极。这人死了之后才被人刺了这一刀。"波洛挥了挥手，平息了大家的吵嚷声，然后转向吉劳德，问，"吉劳德先生同意我的说法，对吗？"

不管吉劳德心里是怎么想的，表面上他不动声色地接受了这个结论，用平静且近乎轻蔑的声调说："当然，我同意。"

惊讶和感兴趣的低语声又打破了平静。

"怎么想的！"阿尔特先生大声说道，"死了再刺一刀！野蛮！从来没听说过！也许是深仇大恨！"

"不是。"波洛说，"这人行凶时极其冷静——为了制造假象。"

"什么假象？"

"是差一点就造成的假象。"

贝克斯先生思考着。

"那么，这人是如何被杀死的？"

"他不是被杀的。如果我没有搞错的话，他死于癫痫！"

此话一出口，又引起了一阵极大的骚乱。杜兰德医生再次跪下来进行彻底的检查。最后，他站起身来。

"波洛先生，我相信你的判断是对的。起先我就被误导了，忽略了其他迹象，以为这人无疑是被刺死的。"

现在波洛成了英雄。预审法官连连称赞他。波洛平静地回应着，然后说请原谅，他和我都还没有吃午饭，而且舟车劳顿，他想休息一下。我们正准备离开棚屋时，吉劳德走了过来。

"还有一件事，波洛先生，"他温和却嘲弄地说，"我们发现这件东西缠绕在裁纸刀的刀柄上——一根女人的头发。"

"啊，"波洛说，"女人的头发？不知道是哪个女人的？"

"我也不知道。"吉劳德说，然后鞠了个躬，走了。

"好一个固执的吉劳德，"我们朝旅馆走的时候，波洛若有所思地说，"不知道他想把我误导到什么方向去？一根女人的头发——哼！"

我们大吃了一顿，可我发现波洛有点心不在焉，像在想别的事。吃完之后，我们上楼回到客厅，我求他给我讲讲他那神秘的巴黎之行。

"很乐意，我的朋友。我去巴黎是为了找这个。"

他从口袋里掏出一张褪了色的剪报——上面刊登着一张女人的照片。他把照片递给我，我不禁叫出了声。

"你认识她，朋友？"

我点点头。虽然照片是多年以前拍的，发型也完全不同，但相貌上的共同点绝对没错。

"多布罗尔夫人！"我叫道。

波洛微笑着摇摇头。

"不完全正确，我的朋友。多年前她并不叫这个名字。照片上是声名狼藉的贝罗迪夫人。"

贝罗迪夫人！我一下子想起了整件事，那起谋杀案的审讯在全世界都引起了广泛的注意。

贝罗迪案。

第十六章 贝罗迪案

这个故事发生在二十多年前，里昂人阿诺德·贝罗迪先生带着漂亮的妻子和襁褓中的小女儿来到巴黎。贝罗迪先生是一家啤酒公司的小股东，一个结实的中年男人，喜欢享受生活，深爱着他迷人的妻子，不过他本人无论从哪方面来说都很普通。贝罗迪先生入股的是一个小公司，虽然生意不错，却也不能给这个小股东带来多少钱。一开始，贝罗迪夫妇只能住在一间小公寓里，生活俭朴。

贝罗迪先生虽然不起眼，可他妻子却浑身散发着浪漫的光彩。年轻貌美、仪态迷人的贝罗迪夫人立刻在当地引起了轰动，尤其是当人们偷偷议论她那神秘的出身时。谣传她是一位俄罗斯大公的私生女，另一种说法则说她是奥地利大公的女儿，虽然她父母的婚姻是合法的，但是门第悬殊。所有这些传言都有一个共同的特点：珍妮·贝罗迪是一个神秘故事的中心人物。

在贝罗迪夫妇的朋友和熟人之中，有个年轻的律师，乔治·科诺。很快，迷人的珍妮就彻底俘获了他的心。贝罗迪夫人谨慎地诱惑着他，却一直坚称她绝对忠于自己中年的丈夫。无论如何，很多不怀好意的人都宣称年轻的科诺是她的情人——而且不是唯一一个！

贝罗迪夫妇在巴黎住了大约三个月的时候，另一位人物出现了。海勒姆·特拉普先生，美国人，非常有钱，经人介绍认识了美丽而神秘的贝罗迪夫人，立刻为之神魂颠倒。他的仰慕之情溢于言表，然而却十分尊重守礼。就在这一时期，贝罗迪夫人对自己的隐私越发直言不讳了。她对几个朋友说，她很担心自己的丈夫；他陷入了政治阴谋中，还提到有人要她丈夫帮忙保存一些非常重要的文件，其中涉及某个对欧洲产生深远影响的"秘密"。之所以让她丈夫保管，是为了避开那些想要这些文件的人，但是认识了几个重要的巴黎革命党人之后，贝罗迪夫人非常紧张。

十一月二十八日，不幸发生了。一个每天给贝罗迪夫妇打扫做饭的女仆发现公寓房门大开，大为吃惊。听见卧室里传来微弱的呻吟声后，她走了进去，眼前是一副可怕的景象：贝罗迪夫人躺在地上，手脚被缚，无力地哼哼着，正拼命把强塞进嘴巴里的东西往外吐。贝罗迪先生躺在床上的血泊中，心口插着一把刀。

贝罗迪夫人的陈述非常清楚。她从睡梦中突然惊醒，两个戴面具的男人正低头看着她。还没等她喊出声，他们就捆上她的手脚，塞住了她的嘴巴，然后勒令贝罗迪先生交出那个众所周知的"秘密"。

但是勇敢的小酒商断然拒绝了他们的要求。其中一个人被激怒了，刺中了他的心脏。他们用死者的钥匙打开了角落里的保险箱，带走了很多文件。这两个人都长着浓密的大胡子，戴着面具，但是贝罗迪夫人认定他们是俄国人。

这个案子激起了千层浪。随着时间的推移，神秘的胡须男子踪迹全无。就在公众的热情开始消退时，案情出现了惊人的转机：贝罗迪夫人被捕，被指控犯有谋杀亲夫罪。

这次审判引起了广泛的关注。年轻貌美的被告，神秘的身世，足以让这个案子成为一个著名案件。

事实证明，珍妮·贝罗迪的父母不过是对正派而普通的夫妻，是住在里昂郊外的水果商。俄国大公爵、宫廷阴谋、政治谋略……所有这些故事都出自这位夫人之口。她的真实生活暴露无遗。而谋杀的动机则出自海勒姆·特普拉先生。特普拉先生尽了他的最大努力，不过，在毫不留情的反复盘问之下，他不得不承认自己深爱着这位夫人，如果她离婚重获自由，他会娶她为妻，而且两人的关系只是柏拉图式的。可这样对被告更为不利。因为普拉特的高尚和纯洁，珍妮·贝罗迪做不成他的情妇，所以她计划了这个可怕的阴谋，以除掉她那年长而不起眼的丈夫，然后成为那个美国有钱人的妻子。

从始至终，贝罗迪夫人都沉着冷静、泰然自若地面对指控她的人，也从未改过口供。她仍然坚称自己出身皇族，在童年时被人偷换成了水果商的女儿。尽管这些话荒谬且毫无根据，但还是有很多人相信是真的。

但是起诉书毫不留情地指出戴面具的"俄国人"纯属谎话，贝罗迪夫人及其情夫乔治·科诺合谋实施了谋杀。法院发出通缉令抓捕他，可他却明智地消失了。证据显示，贝罗迪夫人手上的绳子系得很松，她自己很容易就能解开。

审判接近尾声时，法官收到了巴黎寄来的一封信。是乔治·科诺写的。信上他没有暴露自己的下落，不过对罪行供认不讳。他说自己是受到了贝罗迪夫人的唆使才痛下杀手的。案子是两个人一起谋划的。他以为她丈夫虐待她，自己又那么狂热地痴迷着她，并且以为对方也同样爱他，所以才计划了这起谋杀，杀了她丈夫，把深爱的女人从这可怕的束缚中解救出来。

现在，他第一次听说了海勒姆·特拉普这个名字，才知道被心爱的女人出卖了。她想要自由，可不是为了他，而是要嫁给有钱的美国人。他只是她的傀儡。他嫉妒得发狂，因此转而揭发她，声称从头到尾都是受她摆布。

然后，贝罗迪夫人证明了她非凡的一面。她毫不犹豫地推翻了自己的证词，承认"俄国人"纯属虚构，真正的凶手是乔治·科诺。他对她的痴迷让自己利令智昏，从而犯下罪行，还威胁说如果她胆敢泄露半句，就会遭到可怕的报复。她被这恐吓吓坏了，只好答应。她还担心如果自己说出实情，就有可能被指控包庇罪犯。但她决然断绝了跟杀害她丈夫凶手的所有往来。而他写这封控告信，就是对她上述态度的报复。

她郑重发誓，自己跟这起谋杀案毫无关系——在那个难忘的夜晚，她惊醒过来，发现乔治·科诺站在她面前，手里握着一把血淋淋的刀子。

这是一步险棋。贝罗迪夫人的证词很难让人信服。可她对陪审团的演说可谓杰作。她泪流满面地说到了自己的女儿、自己的节操——女人的节操。为了孩子，她要维护自己清白的名声。她承认了乔治·科诺是她的情夫，因此，从道义上来说，她也要负起一定的责任。但是，她对上帝发誓，仅此而已。她知道没有依法检举科诺是犯下了一个重大的错误，但是她声泪俱下地说道，女人绝对做不出来这种事。她爱过他！怎么能亲手把他送上断头台呢？虽然罪不可恕，但她绝没有犯下那桩归到她头上的杀夫之罪。

不管怎样，她的雄辩和个人魅力占了上风。贝罗迪夫人在空前振奋的场面下被宣告无罪释放。

警方尽了最大努力，仍然抓不到乔治·科诺。至于贝罗迪夫人，再也没有人听到过她的消息。她带着孩子离开巴黎，开始了新的生活。

第十七章 进一步调查

　　我把贝罗迪案子完整地讲了一遍。当然，我不可能回忆起全部细节，不过，我对此案的叙述还是比较准确的。在当时，这个案子引起了广泛的注意，英国的报纸也详细报道了此事，所以我不费力气就能记住主要细节。

　　此时的我激动不已，整件事情似乎已经清楚了。我承认自己很容易冲动，波洛就为我轻易下结论的习惯感到痛惜，但这一次我有自己的理由。这个发现证实了波洛的观点，而他使用的非同寻常的方法让我大为赞叹。

　　"波洛，"我说，"祝贺你，现在我全都明白了。"

　　波洛以一贯的精确动作点燃了他的小香烟，抬起头看着我。

　　"既然你都明白了，我的朋友，那你究竟明白了什么？"

　　"呃，多布罗尔夫人，也就是贝罗迪夫人，杀了雷诺先生。两个案子非常相似，可以证明这一点。"

　　"那么你认为贝罗迪夫人被宣判无罪是错误的了？其实她犯下了杀害丈夫的罪行？"

　　我睁大了眼睛。

　　"当然！你不这么想吗？"

　　波洛走到房间的另一端，心不在焉地摆正了一把椅子，然后若有所思地说："是的，我也是这么想的。但是，我的朋友，这

125

里面没有'当然'这一说。从法律上来讲，贝罗迪夫人是无罪的。"

"那个案子中也许无罪，但不是这个案子。"

波洛坐了下来，看着我，心事更重了。

"那么，黑斯廷斯，你认为多布罗尔夫人杀了雷诺先生？"

"是的。"

"为什么？"

被他忽然这么一问，我愣住了。

"为什么？"

"为什么？"我结结巴巴地说，"为什么？哦，因为——"我说不下去了。

波洛冲我点点头。

"你瞧，你马上就碰到障碍了吧。多布罗尔夫人（为了清楚起见，我姑且这么叫）为什么要杀死雷诺先生？我们找不到半点动机。他死了对她可没什么好处，情妇也好，勒索者也好，她再也捞不到好处了。没有动机就没有谋杀。第一个案子不一样——有个富有的情人正等着做她的丈夫呢。"

"金钱不是谋杀案的唯一动机。"我反驳说。

"没错。"波洛平静地表示同意，"还有两种动机。一种是因爱生恨。第三种则不太常见——凶手的精神不正常。杀人狂和宗教狂就是这一类型，在这里我们可以剔除。"

"那么因爱生恨而杀人呢？你能排除吗？如果多布罗尔夫人是雷诺的情妇，发现他对她的爱变得冷淡了，或者是醋意大发，难道不会由于一时愤怒而杀人吗？"

波洛摇摇头。

"如果——我是说如果，你注意——多布罗尔夫人是雷诺先生的情妇，他还没来得及厌倦她呢。而且你误解了她的性格，她是个很善于伪装自己情感的人，是个非凡的演员。冷静地观察一下，她的生活跟她的外表截然相反。如果我们从头审视，她的动机和行为都是冷酷无情、深谋远虑的。她杀死丈夫，不是为了跟那个年轻的情人在一起。也许她根本就不爱那个有钱的美国人，但他却是她的目标。如果她犯了罪，一定是为了某种利益。在这个案子里，没有利益可言。而且，怎么解释挖墓穴的事？那可是男人的活儿。"

"也许她有个同伙。"我不愿放弃自己的想法。

"我再说另外一点异议。你说过两个案子很相似，那么哪里相似呢，我的朋友？"

我惊愕地瞪着他。

"啊，波洛，这是你说的啊！戴面具的人，秘密啊，文件啊。"

波洛微微一笑。

"别这么愤慨，我的朋友。我并没有否认，这两个故事的相似之处必然把这两个案子联系在一起。可是，还有一些奇怪的事情值得一想。告诉我们这个故事的不是多布罗尔夫人——如果是，那破案就轻而易举了——而是雷诺夫人。她会是多布罗尔夫人的同伙吗？"

"我不相信，"我缓缓地说道，"如果是这样，她真是有史以来最完美的演员了。"

"哎呀，"波洛不耐烦地说，"你又在感情用事、不讲逻辑了！如果一个罪犯必须是个完美的演员，当然可以假设她是个优秀的演员，可是有这个必要吗？我不认为雷诺夫人和多布罗尔夫人是同谋，理由有好几个，其中一些我已经告诉过你了，另外一些则很明显。所以，排除了这种可能性，我们离真相就非常近了，而真相往往都是很奇妙、很有趣的。"

"你还知道什么，波洛？"

"你得自己得出结论，我的朋友。你已经获取了全部事实，让你的灰色脑细胞运作起来，思考……别像吉劳德那样，而是学学你的朋友波洛！"

"你确定吗？"

"我的朋友，在很多事情上我都很傻，但是，最后，我全都看清了。"

"你什么都知道吗？"

"我发现了雷诺先生让我找的东西。"

"你知道凶手是谁？"

"我知道其中一个凶手是谁。"

"什么意思？"

"我觉得我们俩谈论的不是一件事。这里有两起而不是一起谋杀案。第一起我已经解决了，第二起——好吧，我承认我不确定。"

"但是你说棚屋里的那个男人是自然死亡。"

"哎呀，哎呀，"波洛说，"你不明白。一个命案中可能没有凶手，但如果有两个命案，那肯定会有两具尸体。"

波洛的话太奇怪了。我焦虑地瞪着他，可他看起来再正常不过。忽然，他站起身，来到窗前。

"他来了。"他说。

"谁？"

"杰克·雷诺先生。我派人送了一张字条给别墅，请他过来一下。"

这下我的思路全变了。我问波洛是否知道在案发当晚，杰克·雷诺就在梅林维尔镇。我希望抓住我那个小个子朋友的把柄，但是他跟平常一样，什么都知道。他也在车站打听过了。

"毫无疑问，我们不是第一个产生这种想法的人，黑斯廷斯，那个优秀的吉劳德可能也打听过。"

"你不认为——"我打住了，"啊，不，太可怕了！"

波洛询问地看着我，但我没再说下去。刚才我忽然想到，有七个女人间接或直接跟这件案子有关系——雷诺夫人、多布罗尔夫人母女、神秘的访客和三个女仆——可是，除了老花匠奥古斯特可以排除在外，只有一个男人——杰克·雷诺。而且只有男人才能挖得动那个墓穴。

我还没来得及深入地思考这个惊人的、突如其来的念头，杰克·雷诺已经被门房引了进来。

波洛客气地问候了他。

"请坐，先生，很抱歉打扰你了，不过你大概也知道，别墅的氛围不太适合我。吉劳德先生和我在每件事上都有不同的意见，而且对我也不是非常礼貌。所以，你知道，我可不想让我的任何小发现为他提供方便。"

"正是这样，波洛先生。"年轻人说，"吉劳德那家伙是个坏心眼的野蛮人，要是有人能灭一下他的气焰，我倒是很高兴。"

"那我可以请你帮个小忙吗？"

"当然可以。"

"现在我要你去车站，坐火车去下一站，阿巴拉克，问一下寄存处，在案发当晚是否有两个外国人寄存手提箱。这是个小车站，肯定有人记得他们。你愿意去吗？"

"当然愿意。"虽然男孩准备去执行任务了，但还是感到不解。

"你明白的，我和我的朋友在别的地方还有事情要办。"波洛解释道，"再过十五分钟就有一趟火车，请你不要回别墅了，我不希望吉劳德知道你的任务。"

"好，我直接去车站。"

说着，他站了起来。波洛叫住了他。

"等一等，雷诺先生，有件小事我想不通。今天早上你为什么没对阿尔特先生说，案发当晚你在梅林维尔？"

杰克涨红了脸，但他极力克制住自己。

"你错了，我在瑟堡，已经跟法官说了。"

波洛盯着他，两眼像猫一样眯缝着，只露出一丝绿光。

"那我可犯了一个奇怪的错误——而且车站的员工也弄错了。他们说你是坐十一点四十分那班车到这儿的。"

杰克·雷诺犹豫了片刻，然后下定了决心。

"如果是，那又怎样？我猜你不是在指控我谋杀我父亲吧？"他的脑袋傲慢地往后一仰。

"我需要你回来的理由。"

"很简单。我来看我的未婚妻玛尔特·多布罗尔。我就要出远门了，不知何时才能回来，走之前我想见见她，向她保证我永远不变的忠诚。"

"那你见到她了吗？"波洛的眼睛一眨也不眨地盯着他。

停了好大一会儿，雷诺才说："见到了。"

"后来呢？"

"我发现自己误了最后一班车，便走到圣博韦①，敲了一家车行的门，租了一辆车把我送回瑟堡。"

---

① 法国北部地名。

"圣博韦？少说也有十五公里。很长的一段路啊，雷诺先生。"

"我……我想散步。"

波洛点点头，表示接受这个说法。杰克·雷诺拿起帽子和拐杖走了。忽然，波洛跳起来。

"快，黑斯廷斯，我们跟上他。"

我们和目标保持一定的距离，穿过了梅林维尔的街道。但是当波洛看见他转身去车站的时候，我们便停下来了。

"一切顺利。他已经上钩了。他肯定会去阿巴拉克，打听那两个神秘的外国人留下的神秘手提箱。没错，朋友，这是我的一个小发明。"

"你想让他离开！"我惊叫道。

"你的洞察力真令人惊叹，黑斯廷斯！现在，要是你愿意，我们去热纳维耶芙别墅。"

第十八章 吉劳德行动了

天气炎热。我们走回小路。

"我忘了告诉你一件事，波洛。我要抗议。我知道你的出发点是好的，但是你不应该瞒着我去灯塔旅馆调查。"

波洛瞥了我一眼，回答说："那你怎么知道我去过了？"

我觉得脸红了。

"我碰巧经过，就进去问了问。"我尽量维护自己的尊严。

我担心波洛会大笑，可让我吃惊的是，他只是一本正经地摇摇头，我这才松了口气。

"如果我冒犯了你，请原谅。你很快就会明白的。"

"没关系，"我嘀咕着，他的道歉让我消了气，"我知道你这么做是出于关心我，可我能照顾好自己。"

波洛想说些什么，但又改变了主意，忍住了。

到了别墅，波洛直接去了发现第二具尸体的棚屋。不过他没进去，却在我之前提到过的几码外的长椅那儿停下了。他思考了一会儿，小心翼翼地走向热纳维耶芙别墅和玛格丽特别墅中间的篱笆，然后又慢慢走回来，不停地点着头。再次回到篱笆旁边时，他伸手拨开了灌木丛。

"要是运气好的话，"他回过头对我说，"玛尔特小姐可能会在花园里。我想跟她谈一谈，但我不喜欢去玛格丽特别墅做正式拜访。啊，一切都遂人愿，她在那儿。嘿，小姐，嘿，等一等！"

我也走了过去。听到他的召唤，玛尔特·多布罗尔有些惊讶地跑到篱笆这儿。

"如果你允许，小姐，我可否跟你说几句话？"

"当然可以，波洛先生。"

她嘴上说没问题，可眼神焦虑，充满担忧。

"小姐，你是否记得我跟法官去你家的那天，你跑到路上追我？问我有没有人涉嫌犯罪。"

"你告诉我是两个智利人。"她似乎有些透不过气来，左手悄悄按在胸口上。

"你还要问我相同的问题吗，小姐？"

"你这话是什么意思？"

"是这样，如果你再问我一遍这个问题，我会给你一个不同的答案。有一个人被怀疑——不过不是智利人。"

"谁？"她轻轻吐出这个字。

"杰克·雷诺先生！"

"什么？"她惊呼，"杰克？不可能！谁敢怀疑他？"

"吉劳德。"

"吉劳德！"女孩面如死灰，"我怕那个人。他很残酷。他会——他会——"她说不下去了，随后，脸上又显现出了勇敢和坚强的神情。这一刻，我觉得她就是个战士。波洛也在目不转睛地打量她。

"案发当晚他在这儿，你肯定知道吧？"

"是的，"她机械地说，"他告诉我了。"

"隐瞒这件事太不明智了。"波洛说。

"是的，是的，"她不耐烦地说，"但我们不能把时间浪费在后悔上。我们必须想办法救他。他当然是清白的，可吉劳德那种只想着自己名声的人是帮不了他的，他肯定要逮捕一个人，而那个人就是杰克。"

"事实对他不利，"波洛说，"你明白吗？"

她正视着他。

"我不是小孩了，先生。我有勇气面对事实。但他是无辜的，我们必须救他。"

她的声音近乎绝望，却又充满力量。然后，她沉默了，眉头紧蹙，陷入了沉思。

"小姐，"波洛仔细地观察着她，"有没有什么事，你知道却没告诉我们？"

她窘迫地点点头。

"有，有一件事，但我不知道你是否相信——这太荒谬了。"

"无论如何都要告诉我们，小姐。"

"是这样的。事后，吉劳德派人叫我过去，问我是否认识那儿的死者。"她朝棚屋点头示意，"我认不出来。至少那时候认不出来。可我在想——"

"什么？"

"很奇怪，我几乎可以肯定。我告诉你吧。雷诺先生被害的那天早上，我正在花园里散步，听见有男人吵架的声音。我拨开灌木丛，看到一个是雷诺先生，另一个是个流浪汉，穿得破破烂烂，样子很吓人，一会儿哭叫一会儿又威胁地说着什么。我猜他可能是为了钱。可这时妈妈在屋里叫我，我就走开了。就是这样——我唯一能确定的就是，那个流浪汉和棚屋里的死者是同一个人。"

波洛惊呼一声。

"可那时候你怎么不说，小姐？"

"因为一开始我只是觉得这个人有些面熟，可衣服不一样了，好像很有地位。"

屋子里传来一声呼唤。

"是妈妈。"玛尔特小声说，然后穿过灌木丛回去了。

"过来。"波洛说，抓起我的手朝别墅走去。

"你到底是怎么想的？"我有点好奇地问，"她说的是真的吗，还是编造了一个故事消除她情人的嫌疑？"

"这可是个稀奇古怪的故事。"波洛说，"可我相信是真的。玛尔特小姐无意之中告诉我们另一个真相——也间接地证明了杰克·雷诺在说谎。我问他案发当晚是否见过玛尔特，你有没有注意到他的迟疑？他停了半天才说'见到了'。我怀疑他在撒谎。我必须在他提醒玛尔特小姐防备我之前见见她，只问几句话我就得到了想要的信息。我问她是否知道那天晚上杰克·雷诺在这儿，她说'他告诉我了'。那么，黑斯廷斯，在那个重大的夜晚，杰克·雷诺在做什么？要是他没见到玛尔特小姐，那他又看见谁了？"

"老实说，波洛，"我惊骇地大叫，"你不能认为是那个男孩杀害了他的父亲！"

"我的朋友，"波洛说，"你不能再这么过分地多愁善感了。我见过母亲为了拿到保险金而杀死自己年幼的孩子！既然这样，发生什么事都不足为奇！"

"动机呢？"

"当然是钱。别忘了，杰克·雷诺认为他父亲死后他可以拿到一半家产。"

"但是那个流浪汉，又是从哪儿来的呢？"

波洛耸耸肩。

"吉劳德会说他是帮凶——帮助小雷诺实施犯罪的流氓，事后被杀人灭口了。"

"但是缠在裁纸刀上的头发呢？女人的头发？"

"啊，"波洛满脸笑容，"那是吉劳德耍的小伎俩。在他的理论中，那一定不是女人的头发。现如今的年轻人都喜欢用发蜡把头发从前额直直地往后梳，理得很平顺，因此很多男人的头发也很长。"

"你认为是男人的？"

"不，"波洛的笑容很奇怪，"就我所知，那是一根女人的头发——而且，我知道是哪个女人的！"

"多布罗尔夫人的！"我说得很肯定。

"可能吧。"波洛边说边戏弄般地看着我。但我克制着不动怒。

"现在我们要做什么？"我们走进热纳维耶芙别墅时，我问。

"我想搜查一下杰克·雷诺的物品，所以才把他打发走几个小时。"

波洛干净利落而有条不紊地逐一打开抽屉，检查里面的东西，然后再放回原来的位置。这是个枯燥乏味的过程。波洛把衣领、睡衣、袜子等查了个遍。外面传来车轮碾过的声音，我来到窗边，精神立刻为之一震。

"波洛！"我叫道，"刚开过来一辆车，吉劳德坐在里面，还有杰克·雷诺和两个宪兵。"

"该死的！"波洛咆哮着，"吉劳德这个浑蛋，就不能再等等吗？最后一个抽屉里的东西我来不及摆放了。我们快点儿。"

他把东西随随便便地扔在地上，主要是一些领带和手帕之类的。忽然，波洛发出胜利的呼喊声，朝着一张方形的小纸片扑了过去——很明显是张照片。他把照片塞进口袋里，把乱七八糟的东西放回抽屉，抓住我的胳膊把我拽出房间，下了楼梯。吉劳德站在门厅，正打量着他的犯人。

"你好，吉劳德先生，"波洛说，"这是怎么了？"

吉劳德向杰克点点头。

"他想逃跑，但是我很敏锐，抓住了他。他被指控杀害父亲保罗·雷诺而被捕。"

波洛转向年轻人，后者正无力地靠在门框上，面如死灰。

"对此你有什么要说的，年轻人？"

杰克·雷诺呆呆地瞪着他。

"没有。"他说。

第十九章 动动我的灰色脑细胞

我惊呆了。直到最后一刻，我都无法相信杰克·雷诺是有罪的。波洛询问他的时候，我还以为他会响亮地为自己辩白，但是现在，看到他站在那儿，脸色苍白，无力地倚在墙上，又听见他亲口认罪，我再也无法怀疑了。

但是波洛转向了吉劳德。

"你逮捕他的根据是什么？"

"你要我把证据告诉你？"

"作为一种礼貌，是的。"

吉劳德怀疑地看着他。是粗鲁地拒绝，还是战胜对手？他左右为难。

"我猜，你是觉得我弄错了吧？"他冷笑道。

"不足为奇。"波洛有点嘲弄地说。

吉劳德脸红了。

"好吧，进来吧。你自己判断。"

他推开客厅的门，我们走进屋，留下杰克·雷诺和两个看着他的人在外面。

"现在，波洛先生，"吉劳德说着，把帽子放在桌上，挖苦地说，"我要给你上一堂侦探课程，向你展示一下现代人的办案方式。"

"好啊！"波洛让自己平静下来听着，"那我也向你展示一下保守派有多耐心听人说话。"然后他靠在椅背上，闭上眼睛，又睁开，说了句，"别担心我会睡着，我会仔细听着的。"

"当然。"吉劳德开始说了，"我一下子就看穿了智利人的愚蠢谎言。案子涉及两个人——但他们不是什么神秘的外国人！全都是障眼法！"

"到目前为止还算令人信服，我亲爱的吉劳德，"波洛咕哝着说，"特别是在他们那个火柴和烟蒂的小把戏发生之后。"

吉劳德瞪了他一眼，不过还是继续说了下去。

"为了挖掘墓穴，一定有个男人跟案子有关。其实并没有哪个男人能从谋杀中真正获得利益，但是有个男人以为自己可以。我听说杰克·雷诺跟他父亲吵过架，还威胁过后者，这就有了动机。至于手法，那天晚上杰克·雷诺就在梅林维尔，他隐瞒了这一事实——这使得我的怀疑转变成了肯定。然后我们发现了第二个被害人——被同样一把裁纸刀刺死。我们知道那裁纸刀是什么时候被偷走的，黑斯廷斯上尉可以作证。杰克·雷诺那时候已经从瑟堡回来了，是唯一能拿走裁纸刀的人。家里其他人我全都查证过了。"

波洛打断了他。

"你错了，还有一个人可能拿到那把裁纸刀。"

"你指斯托纳先生？他从前门进来，而且是从加来直接坐车回来的。啊！相信我，我可是什么都查过了。杰克·雷诺先生是坐火车到的，从他到站一直到在屋子里出现，中间有一个小时的空当。不用说，他看到了黑斯廷斯上尉跟他的同伴离开棚屋，然后溜了进去，拿着裁纸刀，在棚屋里刺死了他的同伙——"

"他早就死了！"

吉劳德耸耸肩。

　　"也许他没注意到这一点，只是以为他睡着了。他们肯定事先约好了秘密碰面。不管怎样，他知道第二起谋杀会让事情复杂化。结果也正是如此。"

　　"可这骗不了吉劳德先生。"波洛嘀咕着。

　　"你在嘲笑我！但是我会给你最后一个无可辩驳的证据。雷诺夫人的证词是假的——从头到尾都是编造的。我们相信雷诺夫人深爱她的丈夫——然而她却撒谎以掩护那个凶手。谁会让一个女人撒谎呢？为了她自己，或者是为了所爱之人，而这其中最常见的就是为了孩子。这就是最后一个无可辩驳的证据。你动摇不了它的。"

　　吉劳德涨红着脸，带着胜利的姿态停了下来。波洛不动声色地望着他。

　　"这是我的结论，"吉劳德说，"你有什么要说的吗？"

　　"只有一件事你没有考虑到。"

　　"是什么？"

　　"杰克·雷诺非常熟悉高尔夫球场的设计，他知道工人一旦开始挖球洞，尸体立刻就会被发现。"

　　吉劳德大笑。

　　"你这话真蠢。他就是想让尸体被发现！尸体被发现了，才能确定他父亲的死亡，他才能继承遗产啊。"

　　波洛站起身，我看到他眼中闪出一丝绿光。

　　"那为什么要埋呢？"他轻声问道，"想一想，吉劳德。既然尽快发现尸体会对杰克·雷诺有利，那他为什么要挖个墓穴？"

　　吉劳德没有回答。这个问题来得太突然，他耸耸肩，好像觉得这一点并不重要。

波洛朝门口走了过去，我跟在他后面。

"还有一件事你没有考虑到。"他扭过头说。

"什么？"

"那段铅管。"波洛边说边走出了房间。

杰克·雷诺还在门厅里站着，脸色苍白。我们走出客厅的时候，他忽然抬头看了一下。与此同时，楼梯上传来了脚步声，雷诺夫人走下楼来。看见儿子站在两个宪兵中间，她吓得停住了脚步。

"杰克，"她颤抖着问，"杰克，怎么了？"

他绷着脸抬头看她。

"他们逮捕了我，妈妈。"

"什么？"

她发出一声刺耳的尖叫，身体剧烈地摇晃起来，别人还没来得及扶住她，她已经重重地摔倒在地。我们两个人跑过去，扶起她来。不一会儿，波洛站起身。

"她的脑袋撞到楼梯角了，伤得很严重，我想可能会有轻微的脑震荡。要是吉劳德想问她话，那只能等着了。夫人少说也得昏迷一星期。"

丹尼丝和弗朗索瓦丝跑到女主人那儿。波洛把雷诺夫人交给她们，便离开了屋子。他低着头走路，皱着眉头沉思着。有段时间我没有说话，但最终我还是鼓起了勇气问了一个问题。

"尽管所有的证据都对他不利，可你是不是认为杰克·雷诺无罪？"

波洛没有立刻回答，过了好长一段时间他才严肃地说："我不知道，黑斯廷斯。只有一线生机。当然，吉劳德全都弄错了——从头到尾都是错的。如果杰克·雷诺有罪，那不是因为吉劳德的论点，不是因为那些。对他最为不利的事情只有我知道。"

"是什么？"我震惊地问道。

"如果你用用你那灰色的脑细胞，像我这样清楚地看一看整个案子，你也会发现的，我的朋友。"

这就是我说过的波洛那令人气恼的回答方式之一。没等我说话，他继续说道："我们从这条路去海边，坐在那儿的小山上面，俯视沙滩，回顾一下本案，你就会知道所有我知道的事情。不过我希望你能通过自己的努力找出真相——而不是让我牵着你走。"

我们照着波洛的建议，坐在了满是青草的小土堆上，面朝大海。

"思考，我的朋友，"波洛的声音中充满了鼓励，"组织你的思路，要有条理。有条理——这就是成功的秘诀。"

我努力照他的话去做，回忆案子中的所有细节。忽然，一个清晰的想法在我脑袋中灵光一现。我颤抖着建立自己的推论。

"你有了一个小想法，我看出来了，我的朋友，太好了。我们继续吧。"

我坐直身子，点上烟斗。

"波洛，"我说，"我觉得我们太大意了。我说'我们'，不如说'我'更加合适。不过你一味保密，也该受罚。所以我说我们都太大意了。我们忘了一个人。"

"是谁？"波洛眨巴着眼睛问道。

"乔治·科诺！"

第二十章 语出惊人

接着，波洛就热情地拥抱着我，贴着我的脸颊说："终于！你想通了！完全靠自己！太好了！继续推理。你说得对，我们把乔治·科诺给忘了，显然是犯了一个大错。"

这小个子的称赞让我受宠若惊，几乎思考不下去了。但是最后，我还是集中思路，继续说道："乔治·科诺二十年前失踪了，但是我们没有理由认为他死了。"

"绝对没有。"波洛表示同意，"继续说吧。"

"那么我们假设他还活着。"

"没错。"

"或者说，直到最近还活着。"

"越来越对了！"

"我们先这么假设，"我情绪高涨起来，"他很落魄，成了罪犯、流氓、流浪者——随便怎么说。他偶然间来到了梅林维尔，然后发现了那个他一直深爱着的女人。"

"注意点！又多愁善感了。"波洛提醒道。

"'爱之深、恨之切'，"我不知道这么说对不对，"反正他在那儿发现了她，用的是化名，还有了新的情人，英国人雷诺。旧日的委屈涌上心头，乔治·科诺跟雷诺吵了一架。他藏起来，等雷诺去密会情人时，从背后刺了他一刀。之后他后悔了，就去挖了个墓坑。我猜，多布罗尔夫人这时很可能出来找她的情人，并和科诺发生了激烈的争吵。他把她拽进棚屋，可突然癫痫发作，倒在地上。假设杰克·雷诺正好出现了，多布罗尔夫人把事情都告诉了他，并指出，如果过去的这段丑闻被揭发，就会给她的女儿造成严重的后果。杀他父亲的凶手已经死了，还不如把事情尽量压下来。杰克·雷诺同意了，回到屋子里说服了他母亲，也把多布罗尔夫人向他建议的方法一并告诉了她。她同意了，让儿子塞住她的嘴巴、捆住手脚。波洛，你认为怎样？"

波洛若有所思地看着我。

"我认为你应该去编电影剧本，我的朋友。"最后，他终于说道。

"你的意思是——"

"你刚才对我说的这个故事，如果拍成电影的话一定很不错，可是一点都不像发生在日常生活中的事。"

"我承认我还没有说到全部细节，但是——"

"你扯得太远了，把细节全都忽略掉了。那两个人的穿着打扮呢？你的意思是不是，刺死情敌之后，科诺把死者的衣服脱下来，自己穿上，然后再把裁纸刀放回去？"

"我不觉得那有什么重要的，"我气愤地反驳，"也许那天的早些时候，他威胁多布罗尔夫人，从她那儿弄到了衣服和钱。"

"威胁，嗯？你真的要这么假设吗？"

"当然。他威胁说要向雷诺夫妇揭穿她真正的身份，这样她女儿跟小雷诺结婚可就一点希望也没有了。"

"你错了，黑斯廷斯。他不可能敲诈她，因为他有把柄在她那儿。别忘了，乔治·科诺仍然因为谋杀而被通缉，她一句话就能把他送上断头台。"

144

尽管不情愿，但我不得不承认此话有理。

"你的推论，"我不悦地说，"不用说，每个细节都是正确的了？"

"我的推论就是真相，"波洛平静地说，"而真相一定是正确的。你的推论犯了一个致命的错误。你对午夜幽会和激情场面的想象力让你误入歧途了。但是调查谋杀案时，我们必须把自己的立场放在基本的常识之上。要不要我把自己的方法演示给你看？"

"哦，那我们可一定要来一场示范了。"

波洛坐得笔直，开始说了起来，食指还时不时地晃动着，以示强调。

"我和你一样，从乔治·科诺这个基本事实开始说起。贝罗迪夫人当年在法庭上说的那两个俄国人的故事纯属虚构。如果她没有参与作案，这便是她一个人编的，而且是在审讯时现编的。相反，如果她有罪，那么可能是她或者乔治·科诺编出来的。

"现在，在我们调查的这个案子里，我们听到了相同的故事。我曾经对你说过，事实证明谋杀案并不是多布罗尔夫人授意的。所以，我们回到这个假设：故事是乔治·科诺编出来的。很好。因此，是乔治·科诺谋划了这个案子，而雷诺夫人是同谋。她站在明处，而她背后有个阴暗的影子，化名我们目前还不知道。

"现在，让我们从头开始，仔细地再梳理一遍这个案子，按照时间顺序写下每一个要点。你有笔记本和铅笔吗？好。第一个要记下来的是哪件事呢？"

"写给你的信？"

"那是我们最早知道的一件事，但不是本案的开始。我得说，最重要的第一点，是雷诺先生来到梅林维尔之后性格的变化，而且有好几个人可以作证。我们还要考虑到他跟多布罗尔夫人的友情，还有付给她的那一大笔钱。从这里我们可以直接跳到五月二十三日那天。"

波洛顿了顿，清清嗓子，示意我写下来：

五月二十三日：雷诺先生的儿子说要娶玛尔特·多布罗尔，两人吵架，儿子前往巴黎。

五月二十四日：雷诺先生修改了遗嘱，把全部财产交给妻子。

六月七日：和流浪汉在花园吵架，被玛尔特·多布罗尔看到。

写信给赫尔克里·波洛，恳求帮助。

发电报给杰克·雷诺先生，命令他坐安茱拉号去布宜诺斯艾利斯。

让汽车司机马斯特斯去度假。

那天晚上有女客来访，他送她出门，说："好，好，但是看在上帝的分上，现在就走吧！"

波洛停下了。

"黑斯廷斯，把这些事实一个一个地仔细思考一下，跟整个案情做一下比较，看看能否得出一些新的观点。"

我认真而努力地按他说的去做。过了一会儿，我犹犹豫豫地说："关于开头几点，问题在于我们采用哪种理论：是勒索还是他迷恋多布罗尔夫人。"

"勒索，这一点毫无疑问。你听到斯托纳说过他的个性和生活习惯了。"

"雷诺夫人并未证实他的说法。"我争辩道。

"我们已经看出雷诺夫人的证词并不那么可靠。在那个问题上，我们必须相信斯托纳。"

"可是，如果雷诺跟一个叫贝拉的女人有瓜葛的话，那么他跟多布罗尔夫人有点什么，也不是不可能。"

"是有可能，我承认，黑斯廷斯。可他真是这样吗？"

"那封信，波洛。你忘了那封信了。"

"不，我没忘。可是，你为什么会认为那封信是写给雷诺先生的？"

"呃，那是在他口袋里发现的，而且——而且——"

"就这些！"波洛打断了我，"信上没写是写给谁的。我们假设它属于死者，是因为它在死者的大衣口袋里。唉，我的朋友，我始终觉得那件大衣有问题。我量了一下，也说过他穿这件大衣太长了。这话值得你去思考。"

"我以为你只是说说罢了。"我坦白道。

"啊，什么话啊！之后你也看到我量杰克·雷诺先生的大衣了。哎呀，杰克·雷诺先生穿的大衣真短。把这两件事，再加上第三件——杰克·雷诺先生匆忙赶去巴黎——放在一起，告诉我你是怎么想的？"

"我明白了，"我慢慢地说着，波洛的话让我醒悟过来，"那封信是写给杰克·雷诺的，而不是他父亲。他在匆忙和愤怒中穿错了大衣。"

波洛点点头。

"完全正确！稍后我们再说这一点。我们相信那封信跟老雷诺先生没有关系，现在，看看下一件事。"

"五月二十三日，"我读着，"'雷诺先生的儿子说要娶玛尔特·多布罗尔，两人吵架，儿子前往巴黎。'从这句话中我没看出什么来，第二天修改遗嘱好像也很顺理成章，这是吵架的后果。"

"我同意，我的朋友，至少是个起因。可是，雷诺先生变更遗嘱这个行动，真正的动机是什么？"

我惊讶地圆睁双眼。

"被他儿子气的。"

"可他还是往巴黎写了几封充满慈爱的信？"

"这是杰克·雷诺说的，他又拿不出证据来。"

"好吧，我们先跳过这一点。"

"下面是发生命案的那一天。你把早上发生的事情按照一定顺利排好了，理由是什么呢？"

"我查清了写给我的那封信和电报是同一时间发出的。没过多久，马斯特斯得到通知可以去度假。在我看来，和流浪汉吵架发生在这些事情之前。"

"我不明白你为何如此肯定，除非你又问过多布罗尔小姐了。"

"不需要。我很肯定。而且，如果你看不出来这一点，那你就什么都看不出来了，黑斯廷斯。"

我看了他好一阵子。

"当然！我是个白痴！如果那个流浪汉是乔治·科诺，雷诺先生肯定是跟他发生激烈的争执之后才感觉到危险的。他支开了汽车司机马斯特斯，因为怀疑他被科诺收买了。他给儿子发了电报，给你写了信。"

波洛嘴边浮起一丝微笑。

"他在信中所使用的措辞，跟后来雷诺夫人所说的话一模一样，你不觉得奇怪吗？如果圣地亚哥是个骗局，那雷诺为何要提到它？而且，更重要的是，把他儿子派去那儿？"

"真让人搞不懂，我承认。不过也许我们之后会找到答案的。现在，我们回到那天晚上，还有那个神秘的女访客。我承认自己无法理解，除非那个人就是弗朗索瓦丝说的多布罗尔夫人。"

波洛摇摇头。

"我的朋友，我的朋友，你的智慧都去哪儿？别忘了那张支票碎片，以及斯托纳对'贝拉·杜维恩'这个名字有点耳熟这个事实，我想我们可以认为贝拉·杜维恩就是写信给杰克的那个人，也是那天晚上来别墅的人。她是过来看杰克的，还是打算找他父亲帮忙的，我们不能确定，不过我们可以试想一下事情发生的经过。她提出了要求，和对杰克提出的一样，可能还出示了杰克以前写给她的信。老头儿开了一张支票想把她打发走，她愤怒地撕了支票。她信中的用语表现出了一个女人真挚的爱情，所以给她钱让她非常生气。最后他还是让她走了，这时他说的话非常重要。"

"'好，好，但是看在上帝的分上，现在就走吧！'"我重复了一遍，"在我看来语气有些激动，仅此而已。"

"这就够了。他非常着急地让那女孩走，为什么？不是因为会面不太愉快，而是时间飞逝。因为某个原因，时间对他来说非常宝贵。"

"为什么宝贵？"我一头雾水。

"这正是我们问自己的。为什么？后来发生了手表的事——这再次向我们说明了在这起谋杀案中，时间扮演了重要的角色。现在，我们正飞快地接近真相。贝拉·杜维恩离开时是十点半，根据手表的线索，我们知道凶案发生在十二点以前，或者可以这么说，是凶案被计划成发生在十二点以前。刚才我们已经回忆了凶案发生之前的每一件事，除了一件。根据医生的证词，流浪汉被发现时，至少死了四十八小时，说不定还要提前二十四小时。现在，我们已经讨论过了能提供帮助的事实，在此基础上我认定他死于六月七日早晨。"

我木然地看着他。

"但是你怎么做到的？为什么？你怎么可能知道？"

"因为只有这样，事情的经过才能得到合理的解释。我的朋友，我带着你顺着这条路一步步往前走，你现在还没看出这事儿有多明显吗？"

"我亲爱的波洛，我看不出来有什么明显的。我确实以为自己之前看清道路了，可现在又全都糊涂了。看在上帝的分上，接着说，告诉我谁是杀害雷诺先生的凶手吧。"

"这也是我尚不能肯定的一点。"

"可你说这已经很明显了啊？"

"我们说的是两件事，我的朋友。要记住，我们调查的是两起案子——我已经对你指出了，我们必须有两具尸体。哎呀，哎呀，别不耐烦，我全都解释给你听。首先，我们运用心理学。雷诺先生的想法和行为在三个地方呈现出了显著的变化，因此这里包含了三个心理要素。第一次是发生在他到达梅林维尔后不久，第二次是跟儿子因为某个问题吵架之后，第三次就是六月七日早上。现在说一下相对应的三个原因。第一个原因是遇见了多布罗尔夫人。第二个原因跟她有间接的关系，因为这涉及雷诺先生的儿子和她的女儿之间的婚事。但是第三个原因我们还不知道是什么，需要我们进行推理。好了，我的朋友，我来问你个问题：是谁计划了这起案子？"

"乔治·科诺。"我看着波洛，迟疑地说。

"正是他。吉劳德说过一个原理：女人撒谎是为了救自己、救爱人或者救孩子。我们认为撺掇她撒谎的人是乔治·科诺，但乔治·科诺不是她的儿子杰克·雷诺，那第三种可能就排除了。既然我们认为犯罪的人是乔治·科诺，那么第一种也排除了。因此，我们只好接受第二种可能性——雷诺夫人是为了她爱的男人而撒谎。换句话说，是为了乔治·科诺而撒谎。你同意吗？"

"是的，"我承认道，"非常符合逻辑。"

"好！雷诺夫人爱乔治·科诺。那么，乔治·科诺是谁？"

"那个流浪汉。"

"我们有没有任何证据能证明她爱那个流浪汉？"

"没有，可是——"

"很好。不要坚持那些不符合事实的理论。你问问自己，雷诺夫人爱的人是谁。"

我困惑地摇摇头。

"你当然清楚，雷诺夫人深爱的人是谁，她又是在看到谁的尸体时晕倒了？"

我目瞪口呆。"她丈夫？"

波洛点点头。

"她丈夫，或者叫乔治·科诺，你怎么说都行。"

"但这是不可能的。"

"怎么'不可能'？我们刚才不是一致同意，多布罗尔夫人勒索乔治·科诺了吗？"

"是的，但是——"

"而且她不是成功地勒索到一大笔钱吗？"

"这也许是真的，不过——"

"我们对雷诺先生的年轻时代和他的成长经历一无所知，这不是事实吗？就在二十年前，他作为一个法裔意大利人忽然出现了，这不是事实吗？"

"就算是这样，"我更为坚定地说，"我认为你忽略了一个很明显的问题。"

"什么问题，我的朋友？"

"嗯，我们承认乔治·科诺策划了这起案子，这样就会得出一个荒谬的结论：他策划了自己的谋杀案！"

"很好，我的朋友。"波洛泰然自若地说，"他就是这么做的！"

第二十一章 赫尔克里·波洛分析案情

波洛用一种审慎的腔调开始阐述自己对案情的解释。

"我的朋友，一个人居然策划自己的死亡，这种奇怪的事情会让你觉得有点不可思议吧？正因为此事太过蹊跷，所以你把事实当作妄想，反而宁可发明一个在实际中根本无法实现的故事。是的，雷诺先生策划了自己的死亡，但有一点你没有考虑到——他并没有打算去死。"

听罢他的话，我摇着头表示困惑不解。

"事情实际上很简单，"波洛和颜悦色地说，"在雷诺先生所犯的罪行中，正如我强调的，凶手并非此案必不可少的关键因素，尸体才是。换言之，雷诺先生需要的是一具尸体，而非凶手。我们重新来梳理一下案情，试着从另一个角度分析。"

"乔治·科诺为了逃避法律的惩罚逃到了加拿大。在那里，他用化名生活并结婚，还在南美继承了一笔数量可观的遗产，但是他的乡愁始终挥之不去。二十年的光阴会极大地改变一个人的相貌，再加上他地位显赫，没人会把这位成功人士和许多年前的逃犯联系起来，因此他认为回来了也没什么大问题。他把家安在英国，但他更愿意在法国避暑。或许是他运气不好，也可能是'天网恢恢，疏而不漏'的法则引他走上末路，他来到了梅林维尔。全法国唯一能认出他的人就在此地。这对多布罗尔夫人来说无疑是个发财的好机会，面对这样天上掉馅饼的事儿，她肯定毫不犹豫。在多布罗尔夫人的操控下，乔治·科诺一点儿办法也没有，她狠敲了他一笔。

"紧接着，出人意料的事情发生了，杰克·雷诺爱上了和他朝夕相处的女孩，并想和她结婚。这激怒了他的父亲，他会不顾一切阻止杰克和这样一个恶妇的女儿结合。杰克·雷诺对父亲的往事一无所知，但雷诺夫人却了如指掌。雷诺夫人是个具有巨大人格魅力的人，她愿意为自己的丈夫奉献一切。雷诺夫妇在一起商量的结果是：面对当下的局面，除了死别无他途。他必须假装亡故，然后逃到国外用化名开始新生活，而雷诺夫人也要扮演寡妇的角色，然后伺机和他团聚。若要如此行事，雷诺夫人必须掌握家里的财权不可。他们此前打算如何一步步从无到有地制造一具尸体的细节我并不清楚——或许一个艺术系学生学习用的骷髅和一把火足矣——或者是其他东西，可是这一计划成型之前却突然发生了一件事，这倒为他们提供了方便。当时一个粗暴凶恶的流浪汉进了他家，发生了打斗。雷诺与他冲突之际，这名流浪汉突然癫痫发作倒地而亡。雷诺叫来妻子，两人一起将尸体拖进了小棚屋内——正如我们所知，这件事刚好发生在棚屋外。他们俩突然发现这是个上天赏赐的好机会。死去的流浪汉在相貌上没有任何与雷诺相似的地方，除了他是个普通的法国中年男子之外，但这点就已足够。

"我认为情况应该是这样：当时他们俩坐在那边的长椅上谈论事情，而屋里的人是无法听到他们谈话内容的。他们很快定下了计策：能够认出尸体的人必须只有雷诺夫人才行，杰克·雷诺和司机（他已经跟着主人两年了）必须不在场。家里的法国女仆似乎也不太可能接近尸体，无论如何，雷诺都要采取措施骗过任何可能探究这件事细节的人。于是马斯特斯被支开了，雷诺发电报给杰克，还选择了布宜诺斯艾利斯，让整个故事听起来没有破绽。听说我是个高龄的隐居侦探，他便写了一封求救信，他知道当我到这里并掏出这封信时，这里的法官一定会大受影响——事实的确如此。

"他们给流浪汉的尸体换上雷诺的衣服，将流浪汉的破衣烂衫丢在小棚屋的门前，并未将这些衣物带进屋里。接着，为了给雷诺夫人将要编造的故事增加可信度，他们将那种用飞机金属部件制成的裁纸刀捅进了流浪汉的心脏。那一夜，雷诺将妻子绑起来并塞住嘴，然后用铁锹挖一个墓穴，他知道那地方准备挖成一个——你管那叫什么，沙坑？必须让多布罗尔夫人不产生怀疑，同时尸体也要尽快让人发现。隔些时日，死者被人认出身份的可能性就大大减小了。然后，雷诺会穿上流浪汉的衣衫逃至车站，接着不为人知地乘火车离开。因为案件原本应该在两小时后发生，所以没人会怀疑他。

"你现在明白为什么当这个名叫贝拉的女孩突然到访时他会生气了吧？任何拖延对他们的计划都是致命的。因此他需要尽快摆脱这女孩，然后开始行动。他让前门半掩，给人造成凶手离开的假象。他将雷诺夫人绑住并塞上嘴，并纠正了自己二十二年前犯下的错误，不会绑得太松而导致自己被怀疑。这次他让妻子准备好的说辞和从前他编造的也差不多，可见这是下意识的反应，而非什么处心积虑的创意。当晚很冷，他在内衣外面套了件外套，打算把它扔到盛着死人的坟墓中去。他从窗户爬出去，将花坛上的脚印小心地整理好，掩埋掉了对自己最不利的证据。他走到空无一人的高尔夫球场，开始挖了，然后……"

"然后怎样？"

"然后，"波洛神色严峻地说，"他已逃避多年的应得惩罚突然降临，一只无名的手从他背后一刀刺入。现在，黑斯廷斯，你懂我谈的'两起案件'是什么意思了吧？第一起案件，雷诺先生傲慢地要求我们去调查的，已经结案。但是它背后藏着一个更深的谜团，要解开这个谜团则更难——因为凶手十分狡诈，他充分利用了雷诺安排好的那些材料。直到现在这都是个迷惑难解的问题。"

　　"波洛先生，你真是太棒了！"我崇拜地惊呼，"绝对厉害！除了你，别人真做不到这些！"

　　我想我的赞扬令他愉悦。他几乎表现出了几分尴尬，这在他人生中还是头一回。

　　波洛想表现得谦虚一点，却并不太成功。他说："毫无疑问那个可怜的吉劳德并不完全是个糊涂虫。他偶尔也背运，比如缠在那把裁纸刀上的黑色头发。不用说，那些都是误导信息，能让人误入歧途。"

　　"跟您说实话吧，波洛，"我缓缓说道，"直到现在我也没搞清楚——那是谁的头发呢？"

　　"那必定是雷诺夫人的，那就是所谓'背运'的地方。雷诺夫人本来黑色的头发现在已经几乎全白了，但是要找到一根灰黑色的头发也不难。只是吉劳德不假思索地认定那是杰克·雷诺的头发！事情就这么简单，人有的时候为了自圆其说，难免会去歪曲事实。

　　"毫无疑问，当雷诺夫人恢复过来时，她会把问题交代清楚的。但是她万万没有想到她的儿子会被指控为凶手，这怎么可能呢？当时她还以为自己的儿子正在安茱拉号的甲板上安然无恙地航行啊！这就是女人，黑斯廷斯！多么强大，多么有自制力！她

156

只犯了一个小错误。在杰克·雷诺出人意料地回来时她说了一句：'现在这都已不再重要了。'没有人注意到——也没有人意识到这些话的重要性。这个女人承担了一个多么可怕的角色。想象一下当她发现尸体时遭受的打击吧！难怪她晕过去了。但从那时起，虽然绝望悲伤，可她多么彻底地扮演着自己的角色，而她又被痛苦折磨到多么严重的地步啊！凡是会让我们追查到真凶线索的话，她一句也不能说；因为她儿子的缘故，不能让任何人知道保罗·雷诺就是杀人犯乔治·科诺。最终也是最沉重的一击，便是她要公开承认多布罗尔夫人是她丈夫的情人——但凡透露一点点被勒索的暗示，她的秘密都会公开。当地方预审法官问她关于她的丈夫过去的生活中可曾有过什么疑团的时候，她的应对是多么的聪明啊！'我确信没什么浪漫的事，先生。'这样的回答很完美，那种任性的口吻，些许忧伤嘲讽的意味，一下子让阿尔特先生感到了自己的愚蠢和夸张。是的，她是个了不起的女人！就算她爱上的是一个罪犯，她的爱也是庄严崇高的。"

波洛陷入深深的沉思当中。

"还有件事，波洛——那段铅管是怎么回事儿呢？"

"你还不明白吗？那是为了让受害人的脸彻底被毁，这样就无法辨认了。这是让我走上分析案情正轨的一点，可是吉劳德这个愚蠢的家伙可能还在满地爬着找火柴头儿呢！难道我没告诉过你一个两英尺长的线索和一个两英寸长的线索一样管用吗？要知道，黑斯廷斯，我们必须从头梳理一下。谁杀了雷诺先生？那个凶手当晚十二点前在别墅附近——这个人一定可以从雷诺的死当中获得好处——这样的描述跟杰克·雷诺太符合了。这宗谋杀不需要预先设计。对了，还有那把裁纸刀！"

我猛然一惊。我没有意识到这点。

"当然了，"我说，"插在流浪汉身上的刀子实际上是雷诺夫人的，也就是第二把刀。那么一共有两把裁纸刀了？"

"没错，而且这两把裁纸刀一模一样，这点完全说明了杰克·雷诺是裁纸刀的主人。但这个问题并没有太困扰我。实际上关于这一点我还有些别的想法。不，对他最糟糕的控告其实还是心理层面的——遗传，我的朋友，遗传！有其父必有其子——杰克·雷诺，不管怎么说，他都是乔治·科诺的儿子。"

他的语气严肃认真，我不知不觉深受感染。

我问他："你刚刚提到你有些想法，那是什么呢？"

波洛看看他的大怀表，反问我："下午从加来开来的船几点钟到港？"

"我记得是五点。"

"那很好，我们还有时间。"

"你要去英国？"

"是的，我的朋友。"

"为什么？"

"去找可能的证人。"

"谁？"

波洛的脸上浮现出一缕诡异的笑容，他回答道："贝拉·杜维恩小姐。"

"但是你怎么找她呢？关于她你都知道些什么？"

"我对她一无所知——但是我觉得我能猜出不少内容。我们基本可以认定她的名字就是贝拉·杜维恩，虽然斯托纳先生隐约对这个名字有点印象，但明显和雷诺家族没关系，她可能只是个演员。杰克·雷诺才二十岁，年少多金，舞台必定是他初恋的归宿。这从雷诺先生试图用支票安抚她这件事上就可以看出来。我觉得我会顺利地找到她——尤其是我找到了这个东西。"

他拿出一张照片，我曾亲眼看到他从杰克·雷诺的抽屉里拿走的。照片的角落潦草地写着"爱你的贝拉"，但这些字并没有吸引我的目光。并不是非常像——但对我来说一定错不了。我感到阵阵寒意在沉积，仿佛遭受了突如其来的沉重一击。

那是灰姑娘的脸。

第二十二章 我找到了真爱

看着手里的照片，有那么一刻我如冰雕般呆坐。我用尽全身的勇气故作镇静，将照片递了回去。还波洛照片的时候我偷瞄了他一眼，他察觉到什么了吗？还好，他似乎并没有观察我。我行为举止当中的一些异常之处逃过了他的法眼。

他迅速站了起来。

"我们要抓紧时间，以最快速度出发。万事俱备——今天海上的情况也适合动身！"

因为忙着出发，我也没时间想太多。但上船之后，为了避开波洛对我的观察，我打起精神振作起来，把各项事实好好分析了一遍。波洛到底知道多少内情？他为什么要下决心找到那个女孩？他怀疑那女孩目击了杰克·雷诺的犯罪过程吗？或者他怀疑……那是不可能的！那女孩跟老雷诺没什么过节，不会有仇怨，因此她不具备杀死雷诺的动机。那是什么让她回到了谋杀现场呢？我仔细分析了所有细节。那天我和她在加来告别后，她一定下了火车。难怪我在船上找不到她。如果她在加来用过餐，然后坐火车离开梅林维尔，她会在弗朗索瓦丝所说的时间到达热内维芙别墅。那么十点钟以后她离开别墅后都干了些什么？要么去了酒店，要么回了加来。但接下来呢？案件可是发生于周二晚上啊。周四早上她又一次来到梅林维尔。难道她根本就没离开过法

160

国？我怀疑是这样。她留在那里干什么呢——想见到杰克·雷诺吗？我曾告诉过她（当时我们也相信如此）杰克·雷诺已经远行在前往布宜诺斯艾利斯的公海之上。或许她很清楚安茱拉号根本没有出海，但要知道这点的前提是她必须见到杰克。难道这就是波洛致力要搞清楚的事情吗？杰克·雷诺会不会和曾被他抛弃的贝拉·杜维恩见了面，而没有和他本打算去探望的玛尔特·多布罗尔见面？

　　我似乎理出了点头绪。如果案情真的如我所预料，那么杰克就会获得对自己有利的不在场证明。但在那些情况中，他的沉默似乎很难解释。他为何没有大胆地说出来？他是怕自己从前的感情纠葛被玛尔特·多布罗尔知悉吗？我摇了摇头，这个解释不令人满意。打情骂俏完全是些无伤大雅的小事，痴情男女爱到深处的自然表现而已，我有点讥讽地认为一个身无分文的法国女孩应该不会就此抛弃一个大富翁的儿子，况且这个女孩爱他爱得如此投入。

　　船到多佛，波洛的脸上又流露出笑容，颇为轻松、我们去伦敦的旅程也是风平浪静。到伦敦时已经过了九点，我觉得我们最好直接返回住处，等到明早再说。

　　但波洛有别的打算。

　　"我们决不能浪费时间，我的朋友。关于逮捕的消息后天才会在英国见报，但我们还是不能浪费时间。"

　　我有点没弄清他的逻辑，但我只是问他准备如何找到这个女孩。

　　"你还记得那个剧院代理人约瑟夫·阿伦斯吧？不记得吗？我在一个日本摔跤手的案子上帮了他一点小忙。只是个小忙而已，我改天有时间再跟你说。他一定可以帮助我们找到想要的东

161

西，毫无疑问。"

我们花了些时间去找阿伦斯先生，午夜之后我们找到了他。他热情地向波洛问候致敬，并称自己时刻准备着为我们效劳。

"在这个行当里，我不知道的事儿很少。"他神采焕发，轻松地说。

"好吧，阿伦斯先生，我很想找到一个名叫贝拉·杜维恩的女孩。"

"贝拉·杜维恩，我知道这个名字，但我一时想不起来是谁了。她是做什么的？"

"不知道——这儿有她的照片。"

阿伦斯先生仔细研究了一会儿，突然眼前一亮。

"我知道了！"他拍着大腿叫道，"她是达尔西贝拉姐妹的成员，我发誓！她一定是！"

"达尔西贝拉姐妹？"

"没错，她们是一对姐妹花。杂技演员、舞者和歌手，她们的本事可不赖。如果没歇着，我觉得她们会在别的地方表演。最近两三个星期她们就在巴黎演出。"

"你能帮我把她们的确切地点找出来吗？"

"小菜一碟。你回家静候，早上我会给你内部消息的。"

有了他的许诺，我们便与他告别了。他这个人很守信用。果然，第二天上午十一点的时候，我们收到了一张笔迹潦草的字条。

"达尔西贝拉姐妹在考文垂的皇宫附近演出。祝你们好运。"

时不我待，我们立刻奔向考文垂。波洛也没多问，只是心满意足地订了当晚演出的戏票，两张靠前的座位。

这些演出乏味得难以形容，或许只是我心情不好才这么认为而已。日本演员的叠罗汉表演得摇摇欲坠；故作时尚的人穿着绿色的晚礼服，油头粉面，喋喋不休地说着闲话，跳着华丽的舞蹈；矮胖的女首席歌唱家扯着嗓子卖命吆喝；另一个喜剧演员尽力去模仿乔治·罗贝尔先生[1]，但明显不成功。最终，当达尔西贝拉姐妹上场之际，观众情绪高涨起来了。我的心竟也激动地怦怦跳起来。她们俩一个是亚麻色头发，一个是黑色，穿着合身的蓬蓬裙，系着巨大的棕色蝴蝶结。她们看起来简直就是一对儿顽皮的孩童。她们开唱了，歌声纯真甜美，虽然有点单薄，但很有吸引力。经过一个可爱的小转折，她们跳起了轻快的舞蹈，其间还夹杂着一些杂技动作。她们所唱的歌词清脆而有诱惑力，大幕降下之时，观众们致以热烈的掌声。达尔西贝拉姐妹的演出可谓大获成功。

突然我觉得自己不能再逗留了，必须出去呼吸一点新鲜空气，于是我跟波洛说要离开一下。

"去吧，我的朋友。我正在兴头儿上呢，过一会儿去找你。"

从戏院到我们住的酒店只有几步之遥。我进了酒店大厅，点了一杯苏打威士忌，边喝边沉思，凝视着空空的壁炉。我听到有人开门，便转过头，以为是波洛。谁料站在门口的却是灰姑娘，我不由得大吃一惊。她讲话时有点犹豫，带着些许喘息。

"我看到你坐在前排，还有你的朋友。当你起身离开的时候，我就等在门外，然后尾随你到此。你为什么会在这里——你到考文垂干什么？你今晚在那儿干吗？跟你一起的那个人是侦探吗？"

她站在那儿，披在演出服上的斗篷从她肩头滑落下来。我从

---

①英国喜剧演员。

她抹着红色脂粉的脸颊下看出了一丝苍白，也听出了她声音中的恐惧。那一刻，我全明白了——我知道了为什么波洛在找她，以及她在恐惧什么，我似乎全都明白了。

"是的。"我温和地说。

"他在找我吗？"她轻声低语。

我没有立刻回答，而她滑进一把大椅子，陷入悲戚的恸哭之中。

我跪在她身边将她紧紧拥住，轻抚着她的脸和头发。

"宝贝儿，别哭，看在上帝的分上。你在这儿是安全的。我会照顾好你，别哭宝贝儿，别哭。我知道发生了什么。我知道所有事情。"

"唉，你不了解！"

片刻之后，她的抽泣声渐小。我说："我想我知道发生了什么。那个拿走刀子的人是你，对吧？"

"是的。"

"因此那时你让我带你四处转转，然后假装晕厥过去，对吧？"

她又点头同意。

"你为什么要拿那把刀？"我紧接着问道。

她像一个孩子般天真无邪地回答道："我怕那上面可能会留下指纹。"

"可是你当时戴了手套啊，难道你忘了？"

她迷惑不解地摇了摇头，缓缓地说："你会把我交给警察吗？"

"老天爷！我不会那么做的。"

她的眼睛急切地闪动着，不停地捕捉我的目光，然后充满恐惧地悄悄说："为什么不把我交给警察呢？"

就表白而言，现在貌似并不是合适的时间和地点——管他呢，我从未想象过爱情以这种形式降临。我非常简洁而自然地说："因为我爱你，我的灰姑娘。"

她低下了头，似乎有点害羞，断断续续地咕哝着："如果你知道一些事情的话，你就不会这样说了。"然后，仿佛鼓足了勇气一般，她直勾勾地看着我的脸，问道，"那么你都知道些什么？"

"我知道那天晚上你跑去找雷诺先生了。他给了你一张支票，你愤怒地将支票撕碎，接着离开了屋子——"我停顿了一下。

"继续——接下来呢？"

"我不清楚你当时是否知道那晚杰克·雷诺会来，或者你只是等着，期待能有机会见见他，或许你只是心里难过，漫无目的地走来走去……但无论如何……

"十二点之前，你一直在那儿，而且你看到有位男士在高尔夫球场上。"

我又暂停了一下。在她进门的那一刻，我心中的谜团仿佛一下子都清楚了，而且现在我眼前的景象则更让我坚定了自己的判断。我清晰地看到了雷诺先生尸体上那件外套的特殊花纹，我记得很清楚，后来我们在客厅里面密谈之际，雷诺的儿子突然闯了进来，他的样子和死者一模一样，这让我大吃一惊，还以为某人起死回生了。

"继续。"女孩坚定地说。

"我想他当时背对着你，但你认出了他，或者你认为自己认出了他。他的步伐和举止对你而言很熟悉，还有那外套的花纹，"我停顿了一下，"你在给杰克·雷诺的信中威胁了他。当你在那儿看到他的时候，你的愤怒和嫉妒让你疯狂——你下毒手了！我一点也不相信你想杀了他，但你确实杀了他，我的灰姑娘。"

她猛地抬手捂住了自己的脸，抽泣起来。

"你说得对……你说得对。你的话仿佛让我看到了一切。"然后她疯了一般地将头转向我，"你爱我？既然什么都明白，你为何还能爱我呢？"

"不知道。"我有点疲倦地说，"我想爱情就是这么回事，相当难以解释。我试过了，我知道，从我第一天见到你开始，就无法抑制对你的爱。"

在我最意想不到的时候，她突然间又一次陷入崩溃的境地，倒在地板上，疯狂地抽泣着。

"哦，我不能！"她哭着说，"我不知道该做什么。谁能帮我？谁能可怜可怜我……天哪！可怜可怜我吧，谁能告诉我该如何是好！"

我又一次跪在她身边，尽可能地抚慰她。

"你别怕我，贝拉。看在上帝的分上，你别怕我。我爱你，真心实意——但我并不指望能有什么回报。让我帮你就好，如果你还爱他，那就继续爱他吧，但请给我帮助你的机会。我可以帮你，他帮不了了。"

听了我的话她仿佛幻化成石头一般。她把头从自己的手中抬起，看着我。

"你是这样想的？"她低声耳语道，"你认为我爱杰克·雷诺？"

然后她半笑半哭，热烈地用双臂挽住我的脖颈，用她甜美温润的脸紧贴着我的脸。

"不会像我爱你这样深，"她轻声地说，"永远不会像我爱你这样深。"

她的双唇摩挲着我的脸颊，然后急切地奔向我的嘴唇，她用难以置信的甜美与热情一遍遍地狂吻着我。那种疯狂，那种奇迹般的感觉，我不会忘记——不，我终生难忘！

突然，门口传来一个声音，我们都转头看过去。

波洛正站在那里看着我们。

我毫不犹豫，一个箭步蹿到他面前，将他的双手按在身体两边。

"快走，"我对女孩儿说，"离开这儿，越快越好！我会按住他的。"

她匆匆看我一眼，从我们身边跑过，离开了房间。我把波洛紧紧按住，纹丝不动。

"伙计，"波洛不紧不慢地说，"你干这些事情倒是挺在行的。如此强壮的一个人把我紧紧扣住，我就像个小孩儿一般无计可施。这样既不太舒服也有点可笑吧。我们坐下来平复一下情绪。"

"你不会去追查她吧？"

"我的天，当然不会。你以为我是吉劳德吗？先放开我，伙计。"

我用疑惑的眼神看着他，因为波洛说过，我在精明机智方面根本不是他的对手。我谨慎地放开他。他坐到椅子上，轻柔地抚摸着自己的胳膊。

"黑斯廷斯，你生气时真是力大如牛！好吧，你觉得你这么对待老朋友合适吗？我给你看这女孩照片的时候你认出了他，但是你却缄口不言。"

"就算让你知道我认出了她，也于事无补吧。"我怀着怨愤的口气说道。原来波洛自始至终什么都知道！实际上我一刻也没能瞒住他。

"你不知道我清楚这一切。我们费尽心思找到她，今晚你却让她逃跑了。好吧，事已至此——你打算帮我呢还是反对我，黑斯廷斯？"

一时之间我无话可说。和我的老朋友闹翻，这让我痛彻心扉，但我又不得不站在和他对立的位置上。我在想，他会原谅我吗？直到现在他都能保持如此诡异的平静，但我知道他拥有极好的自控能力。

"波洛，"我说道，"对不起，我承认这次我对你有点儿过分了。但是有时候一个人别无选择。将来，我只能走我自己的路了。"

波洛不住地点头。

"我理解。"他说，他眼中嘲弄的目光渐渐消退，他开始用一种令我吃惊的和蔼和认真跟我谈话，"就是这样，我的朋友，不是吗？爱情降临的方式并非像你想象中那么甜蜜开心、妙不可言吧？很遗憾，那往往会是伤心痛苦的。好吧，我可警告过你。当我意识到她就是那个拿刀的女孩时，我就警告过你。或许你还记得，但现在为时已晚。不过，你告诉我，你到底知道多少？"

我和他目光相遇，直视对方。

"你告诉我的那些东西根本不会让我感到惊奇，波洛。你要知道。但当你想要重新开始寻找杜维恩小姐的时候，有件事我得跟你讲清楚：如果你认为她和这件案子有关，或是那晚拜访雷诺先生的神秘女士和此案有关的话，你就错啦。我从法国回家那一晚，是在维多利亚车站和她告别的，因此很明显，她当晚并不在梅林维尔。"

"啊！"波洛若有所思地看着我，"你愿意在法院对你刚才说的话起誓吗？"

"我当然愿意。"

波洛起身弯腰鞠了一躬。

"伙计！爱情万岁！它能创造奇迹。你的所思所想绝对独具匠心，连我赫尔克里·波洛都自愧不如啊！"

第二十三章 困难重重

我上面所说的紧张形势过后，连锁反应开始来了。那天晚上，我以胜利者的心情进入了梦乡，但我醒来后，便意识到还未脱离险境。真的，那个我一时冲动说出的不在场证明倒也没有什么漏洞，我要做的就是坚称如此。倘若我不改口，有这样的证据，我认为谁都不能定贝拉的罪。不过无论如何，波洛不会甘拜下风。他将尽一切努力对我进行反击，而且是在最出乎我意料的时刻，以我意想不到的方式。

第二天，我们在早上吃饭的时间碰面，两人都装作若无其事。波洛依旧是一副和善的样子，不过我想我还是从他身上发现了一丝前所未有的矜持。早餐过后，我说我想出去散散步，波洛眼睛里闪过一丝不怀好意的目光。

"如果你要打探消息，大可不必拐弯抹角。你想知道什么，我全部奉告。达尔西贝拉姐妹取消了表演，现在已经离开了考文垂，不知去向。"

"不是吧？波洛。"

"这些全部是事实，黑斯廷斯，一早我就打探过了。不管怎么说，你觉得还能是什么情况呢？"

是啊，在这种情况下我还能期待什么！灰姑娘利用我为她赢来的这些间隙，当然会一秒也不耽误，在追赶者到达之前迅速脱身。这也正是我的初衷。然而，我意识到我陷入了一个新的困境。

毫无疑问，我无法和灰姑娘取得联系，但有必要让她知道我为她准备好的防范措施。当然，她或许会设法传递消息给我，但又不太可能实现。她知道这是冒险，可能会被波洛截获，从而再次追踪她。显而易见，她唯一的出路就是暂时销声匿迹。

但在这期间，波洛会采取哪些行动呢？我仔细观察过他，他现出一副事不关己的样子，经常出神地看着远方。他看起来太过平静，仿佛足以让我放下心来。但据我对他的了解，他越是表现得不动声色，就越危险。他的平静令我警觉。看到我眼神中的忧虑，他宽厚地笑了笑。

"你是不是很困惑，黑斯廷斯？你是不是在琢磨，我为什么不去追查她们？"

"嗯，就算是吧。"

"我能理解，如果换作是你，你肯定会这么做。但我不喜欢东奔西跑，像你们英国人说的，'大海捞针'一般去寻人。让贝拉·杜维恩小姐去吧，毋庸置疑，到时候我能找到她。这会儿，我想安心等待。"

我有些怀疑地盯着他，难道他想迷惑我？我有些恼怒，即使现在，还是让他占了上风。我的优越感慢慢退去。我机智地让那女孩逃脱，巧设妙计让她不用为自己的鲁莽行为担责，但我的忧虑得不到缓解，波洛神色自若的态度引起我的万般猜测。

"我想，波洛，"我有些难为情地开口说，"我不能打探你的计划，我已经没有这个资格了。"

"哪儿的话啊，我们之间没有秘密。我们现在立即动身去法国。"

"我们？"

"对，就是'我们'。你很清楚，你不能让老波洛从你视线里消失，嗯？是吧，我的朋友？但是如果你实在想留在英国……"

我摇摇头。他说到要害了，我不能让他离开我的视线。虽然经历这起事件后，我不指望波洛能信任我，但我可以盯着他的一举一动。他是对贝拉唯一的威胁，吉劳德和法国警察并不知道她的存在。不管付出何种代价，我都得守着波洛。

我脑中闪现这些念头时，波洛仔细打量着我，并且对我满意地点点头。

"我说对了吧？与其让你滑稽地装个假胡子——这个伎俩人人都能识破——跟踪我，我宁愿让你和我一起乘船赶赴法国。我可不愿意你被别人嘲笑。"

"好啊！不过，为了公平起见，我得提醒你——"

"我知道，我全知道，你是我的敌人。尽管做我的敌人好了，我一点也不在乎。"

"只要是公平正当的，我就不介意。"

"你可真是饱含英国式'公平比赛'的精神啊！现在你的疑虑已经打消了，我们立刻启程吧。得珍惜时间，虽然我在英国逗留得不久，也足以得到了我想得到的线索。"

从这些轻描淡写的话中，我感到其中隐藏着威胁。

"可是……"我欲言又止。

"可是——正是这样。你肯定对你目前扮演的角色很满意，但我得为杰克·雷诺跑腿了。"

杰克·雷诺！这名字让我愣了一下，我已经全然忘记了这件事——杰克·雷诺身陷囹圄，绞索的阴影笼罩着他。我看到了自己所扮演的不良角色。没错，这么做的确救了贝拉，但却冒着把

172

另一个无辜的人送上绞刑架的风险。

我很恐惧，想把这个想法驱走。不会的，他一定会被释放的，一定的。可是没用，可怕的念头又袭上心头。万一他真的被判刑，那可怎么办，我岂不是要愧疚一生——这多么可怕啊！以何种方式结局？我必须尽快决定救贝拉还是救杰克·雷诺。为了救我深爱的女子，我甘愿牺牲自己；但是要牺牲别人，就另当别论了。

她是什么感受呢？我记得自己没提到杰克·雷诺被捕的事。她暂时还不知道旧情人被关在狱中，无端顶着莫须有的大罪名。等她知晓此事，她会怎么做呢？她会不会不顾他的性命保全自己？她千万别干出傻事来。她不出面，杰克·雷诺也许会被开释，这样最好；如果他不能开释——那就太可怕了！我认为贝拉没有被处以极刑的可能。换作是她，案情就有所不同——她可以借口忌妒、受到挑衅而不得已出手，而她的青春美貌必然能够博得同情。虽然由于戏剧般的失误，她杀死了老雷诺而非他儿子，但这个作案的动机不会因为同情而改变。不管法庭如何仁慈，她都会坐很长时间的牢。

不，必须保护贝拉，同时也要救杰克·雷诺。我不知道怎样才能两全其美，我寄希望于波洛，他知道。不管怎样，他会努力营救一个无辜的人。他必须另找一些说法来掩盖真相，也许要经历颇多困难，但他一定可以办到：让贝拉洗脱嫌疑，杰克·雷诺无罪开释，一切都皆大欢喜。

我反复用这些话告慰自己，可是依然恐惧、心慌。

第二十四章 "救救他！"

我们搭乘傍晚的渡船离开英国，次日早上抵达圣奥默[①]——杰克·雷诺被移送到那里。波洛立刻去拜访法官阿尔特先生，他没说不让我跟着去，我遂得以同行。

经过一层层手续，我们来到了法官的房间。他热诚地问候我们。

"波洛先生，听说你去英国了，幸好并非如此。"

"我真的去过英国，法官先生，只是在那里短暂停留。有一条小的线索，我认为值得调查。"

"真的？"

波洛耸耸肩。阿尔特先生点点头，叹道："我们恐怕得放弃了。吉劳德那家伙，虽然没礼貌，可是很精明！不太可能会弄错。"

"你认为不太可能，法官先生？"

这回轮到法官耸肩了。

"呃，坦白说——你懂的，这是私下聊聊——你能推断出别的结论吗？"

"实话相告，法官先生，我认为疑点颇多。"

"比如？"

[①]位于法国南部的城市。

波洛不愿透露。

他说："我还没把所有疑点归类总结，我只是泛泛而论。我喜欢那个年轻人，不愿相信他会犯下这么可怕的罪行。顺便问一下，他自己怎么说的？"

法官皱着眉头。

"我对他不怎么了解，他似乎无法为自己做任何辩护，要他开口可真不容易。他对于指控一概否决，此外就一声不吭。明天我还要审讯他，也许你愿意旁听？"

我们赶紧接受了邀请。

"惨痛的案子啊！"法官叹口气说，"我真同情雷诺夫人。"

"雷诺夫人怎么样了？"

"她还没清醒。可怜的女人，这样或许眼不见为净。医生说她没有生命危险，不过她苏醒后，必须尽可能地保持平静。我能理解，她遭受了打击，又摔倒受伤。要是她因此发狂可就惨了！很容易这样，不是吗？我真的不会感到奇怪。"

阿尔特先生往后一靠，摇摇头，想象着悲哀的前景。

最后，他回过神来，站起来说："我想起来了，波洛，这儿有一封你的信。我找找，看放到哪儿去了。"

他在一堆文件中扒拉一番，终于找到那封信，递给波洛。

"这是有人装在信中寄给我的，要我交给你。"他解释说，"可是你没留下地址，我没法转寄给你。"

波洛好奇地打量着信封上的字，字体细长，有点倾斜，很陌生，可以确定写信人是名女性。波洛没有拆开，把信装进口袋里，然后站起来说："法官先生，那就明天见吧。多谢你的热情接见。"

"别客气，有事随时来找我。"

我们正要离开大楼，刚好和吉劳德迎面碰上。他比以前更为狂妄，得意至极。

"啊哈！波洛先生，"他快活地喊道，"你从英国回来啦？"

"你不是看到了吗？"波洛说。

"我想案子快要了结了。"

"我表示同意，吉劳德先生。"

波洛说话声很低，他那沮丧的举止可能正让吉劳德满意。

"这个犯人真没用！完全不懂得为自己辩护，真奇怪！"

"是很'奇怪'，所以我们要深思，是吧？"波洛委婉地说道。

吉劳德毫不在意，他转动着手杖，一副轻松的表情。

"好，再见，波洛先生。你终于相信雷诺少爷有罪了，我很高兴。"

"对不起，我压根儿没这么想！杰克·雷诺是无辜的。"

吉劳德愣怔了一下，然后笑着敲敲脑袋，意味深长地说了句法语："神经病！"

波洛上前一步，目露凶光。

"吉劳德先生，办案期间你对我太无礼了，你得受点教训才行。我跟你赌五百法郎，我肯定比你先查出杀害雷诺先生的凶手。你敢吗？"

吉劳德目不转睛地瞪着波洛，又咕哝道："神经病！"

波洛催促道："来吧，敢不敢？"

"我不想赢你的钱。"

"放心，你赢不到！"

"唔，好吧，那就说定了！你说我对你没礼貌，哼，有几次你的态度也让人窝火。"

波洛说："那太好了。早安，吉劳德先生。走吧，黑斯廷斯。"

我们沿街而行，一路上我一言不发，心情很沉重。波洛的意图更加显而易见了，我越发担心自己无力解救贝拉，使她逃脱罪责。不巧这次波洛和吉劳德偶遇，更让他斗志大增。

突然间，我觉得有一只手搭在我肩上，回头发现原来是加布里埃尔·斯托纳先生。我们止步跟他打招呼，他表示要跟我们一起走回旅馆。

"斯托纳先生，你在这里有何贵干？"波洛问道。

对方淡然说："做朋友要讲义气，尤其是在他们蒙受冤屈的时候。"

我赶紧问他："那你认为杰克·雷诺的确没有犯案？"

"当然没有。我认识这个小伙子。我承认这个案子有一两处让我迷惑，不过，杰克·雷诺的处事方式虽然愚蠢，我却不认为凶手是他。"

我对这位秘书产生无限好感，他这一番话似乎消弭了我心中隐隐的重担。

"毫无疑问，很多人都和你抱有同样的看法。"我叫道，"对他不利的证据少之又少，无论如何，他一定会被无罪释放。"

可是斯托纳并没有做出我预料中的热烈回应。

"但愿我也像你这么乐观。"他审慎地说，然后转头问波洛，"先生，你的看法如何？"

"我想他目前的情形不容乐观。"波洛平静地说。

斯托纳严厉地问："你认为他有罪吗？"

"不，可是我想他很难自证清白。"

"他的表现太怪了。"斯托纳嘟囔着，"当然，我知道这件案子不像表面上看起来那么简单，吉劳德看不出来，因为他是门外汉。可是整件事匪夷所思。关于这一点，我还是少说为妙。雷诺夫人若是不想声张，我会照着她的意思去做。她是当事人，我素来敬佩她的判断力，以我的身份也不好过问。可是杰克的态度让我搞不明白，人人都觉得他希望法庭判他有罪呢。"

"这未免太荒谬了！"我插了几句，"别忘了，那把裁纸刀——"我没说下去，波洛或许不想让我透露太多实情。我谨慎地措辞："我们清楚那天晚上裁纸刀不在杰克·雷诺手上，这点雷诺夫人是知道的。"

斯托纳说："确实，等她清醒了，她一定会解释这一切。好啦，就此别过。"

"等一下。"波洛伸手拉住他，"万一雷诺夫人醒来，你能否设法通知我？"

"没问题，小事一桩。"

"裁纸刀的问题对犯人有利。"上楼后，我说道，"但我不能对斯托纳说得太明白。"

"你做得对，我们尽可能先保密。至于那把凶器，你的看法对杰克·雷诺没有帮助。你记得吗，我们离开伦敦之前，我出去了大概一个小时？"

"你去干什么了？"

"我去找杰克·雷诺订制纪念品的公司了，不难找到。黑斯廷斯，他们给他打造的裁纸刀不是两把，而是三把。"

"这么说来——"

"他送一把给他妈妈，一把给贝拉·杜维恩，第三把他一定留了自用。你看，黑斯廷斯，裁纸刀问题恐怕救不了他的。"

"不会到这个地步吧？"我被刺激到了，大声说道。

波洛不太确定地摇了摇头。

"你会救他的！"我很有把握似的喊道。

波洛默然地看着我。

"我的朋友，不是你阻挠了我救他吗？"

"再想想别的法子。"我嗫嚅道。

"啊，亏你说得出口，简直拿我当万能的啊。不，别再说了。我们看看这封信写了些什么。"

他从胸前的口袋中抽出信封。

看信时他面孔抽搐，然后将薄薄的信纸递给我。

"黑斯廷斯，世上还有别的女人在受苦呢。"

信上字迹模糊，显然是在激动中所写。

亲爱的波洛先生：

你若收到这封信，求你前来相助。我实在不知道还能向谁求助，杰克无论如何应该获救。跪求您帮助我们。

玛尔特·多布罗尔

我把信交还给他，内心深受触动。

"你要过去吗？"

"马上就去，我们叫辆车吧。"

半小时后，我们来到玛格丽特别墅。玛尔特在门口迎接我们，把波洛请进屋，她双手紧握着他的手。

"啊，您来了……您太好了。我真绝望，不知该如何是好。他们甚至不让我到监狱探视他，我好痛苦，简直快要发疯了。据说他没有否认对他的指控，这是真的吗？可那太疯狂了，不可能是他干的，我压根儿不相信是他干的。"

"我也不相信，小姐。"波洛柔声说。

"那他为什么不说出来呢？我真搞不懂。"

"也许他要保护某人。"波洛注视着她，试探性地说道。

玛尔特皱皱眉头。

"保护某人？你是指他母亲吗？啊，我从一开始就怀疑她。谁能继承那一大笔遗产？就是他母亲。身着丧服的寡妇最容易糊弄人。听说杰克被捕时，她就这样倒下去了——"她夸张地比画了一下，"秘书斯托纳一定是帮凶，他们两个人狼狈为奸。没错，她比他大些。不过女人若有钱，男人才不在乎这一点呢！"

她的语气中含着讽刺。

"斯托纳当时在英国。"我插了一句。

"他是这么说的——谁知道是真是假？"

"小姐，"波洛冷静地说，"你想要和我一道想办法，那么我必须把事情搞清楚。首先，我想问你个问题。"

"想问什么，先生？"

"你知不知道你母亲的真实姓名？"

玛尔特看了他一会儿，然后把头伏在手臂上失声痛哭。

"哦，哦，"波洛拍拍她的肩膀说道，"冷静一下，孩子，我看你知道了。第二个问题，你知不知道雷诺先生的真实身份？"

"真实身份？"她抬起头来，诧异地盯着他。

"啊，我看你是不知道。那仔细听我说。"

他一步一步详述了案情，与我们前往英国那天他对我讲的差不多。玛尔特入神地听着，待他说完，她长吸了一口气。

"您真厉害，真了不起！您是世界上最棒的侦探。"

她迅速滑下座椅，不顾一切地跪在他面前，以一副法国式的做派喊道：

"救救他，先生。我很爱他！哦，救救他……救救他……救救他！"

第二十五章 意外的局面

翌日清晨，我们出席了对杰克·雷诺的审判。虽然时隔不久，但他容貌大变，令我吃惊：他两颊深陷，眼窝发黑，憔悴不堪，精神恍惚，像是失眠多时。他看到我们，脸上没有任何表情。

"雷诺，"法官开口问道，"命案当晚你在梅林维尔镇，你否认吗？"

杰克起先并不答话，后来才吞吞吐吐，有点可怜巴巴地说道："我——我——说过我在瑟堡。"

法官猛然转回头去，大喝："把火车站的证人带进来。"

旋即，门打开了，有个人走进来，我认出他是梅林维尔车站的搬运工。

"六月七日晚上你在值班吗？"

"是的，先生。"

"你目睹十一点四十分那班车进站？"

"是的，先生。"

"看看那个犯人，你能不能确认他是下车的乘客之一？"

"是的，法官先生。"

"你有可能看错吗？"

"没看错，先生。我对杰克·雷诺先生很熟悉。"

"日期也没错吗？"

"没错，先生。因为第二天，也就是六月八日早晨，我就听到了命案的消息。"

另一名铁路员工也被带进来，证实了第一位证人的话。法官看看杰克·雷诺。

"这两个人都指认你，你还有什么话说？"

杰克耸了耸肩。

"没有。"

法官又说："雷诺，你认不认得这个东西？"

他从旁边的桌子上拿起一样东西递给犯人看。我一眼认出那把裁纸刀，浑身战栗。

"请等一下。"杰克的辩护律师葛罗西先生叫道，"在我当事人回答问题前，我要求和他说几句话。"

杰克·雷诺根本不体谅葛罗西先生的一片苦心，他一把推开律师，平静地说："当然认识，这是我送给我母亲的纪念品。"

"据你所知，这把裁纸刀有没有复制品？"

葛罗西先生又喊了起来，杰克再度甩开他。

"据我所知没有，花样是我设计的。"

这样草率的回答，连法官都倒抽了一口凉气。的确，杰克像是在存心找死。当然，我知道他为了贝拉，必须隐瞒裁纸刀有复制品的这件事，只要大家以为凶器只有一把，拥有第二把裁纸刀的姑娘就不会受到怀疑。他勇敢地保护旧爱——但自己付出的代价未免太大了！我开始体会到自己轻易托付给波洛的任务无比艰巨。除非吐露真相，否则要救杰克·雷诺脱身，谈何容易啊。

阿尔特先生以出奇严厉的口气说："雷诺夫人说，命案当晚这把裁纸刀在她的梳妆台上。但雷诺夫人是位母亲！这话或许让你吃惊，杰克，我想你母亲雷诺夫人很可能搞错了。而你也许一时大意，把裁纸刀带去了巴黎。当然，你会反驳我——"

我看见杰克戴了手铐的双手紧紧握住，额头上渗出一粒粒的汗珠，他用尽力气，以嘶哑的嗓门打断了阿尔特先生的话。

"我不反驳，这是有可能的。"

这场面叫人瞠目结舌。

葛罗西先生站起来抗议道："我的当事人受到了很大压力。我认为他不能为自己的话负责，我希望庭上把这句话记录在案。"

法官气生气地喝止他，不过他自己心里好像也有些怀疑，杰克·雷诺的表现太不合常理了。他探身向前，以搜寻似的目光盯着犯人。

"雷诺，你明不明白，根据你刚才的回答，我只能判你有罪了？"

杰克苍白的面孔涨红了，他坚定地看着法官。

"阿尔特先生，我发誓我没杀我父亲。"

但法官的心里短暂的疑虑已经消散了。他短促地笑了几声，听起来很不愉快。

"毫无疑问，毫无疑问，犯人们永远是无辜的！你判了自己的罪。你提不出反证，提不出不在场证明，只说一句连小孩子都不会相信的话——你没罪。为了那笔自以为会到手的财富，雷诺，你杀害了自己的父亲。这是一桩残忍、卑鄙的谋杀。毫无疑问，你母亲是事后的共犯。当然，考虑到她身为人母，法庭会从轻发落，但不能从轻发落你。你应该受到严惩，你犯的罪太可怕了，人神共愤！"

阿尔特先生非常气恼，但他的话还没说完就被打断了——有人一把推开房门。

"法官……法官先生，"进来的法警结结巴巴地说，"来了一

183

位小姐，她说……她说……"

"管她是谁，管她说什么！"法官有充足的理由发怒，"这太离谱了！我不准许——我绝对不准许。"

一个纤弱的身影硬推开法警走进审讯室，她身着黑衣，长长的面纱遮住了脸庞。

我心跳急促。

她真的来了！我所有的努力都化为泡影，但我忍不住佩服她的勇气。她竟是如此决绝。

她掀起面纱——我吸了口气，这个女孩子很像"灰姑娘"，却不是她。相反，她现在拿掉了舞台用的金色假发，我认出她就是我们在杰克·雷诺屋里发现的照片上的女孩。

"你是法官阿尔特先生？"她问道。

"是的，但我不准——"

"我叫贝拉·杜维恩。我前来自首，是我杀了雷诺先生。"

第二十六章 我收到一封信

亲爱的朋友：

你看到这封信，就什么都明白了。贝拉已经去自首了，我说什么都劝不动她，我已无力再和她争辩。

你现在知道了：我骗了你，你对我所有的信任，我都回馈以谎言。或许你认为我无须狡辩，但在我从你的人生里消失之前，我要让你知道原委。若求得你的宽恕，以后的日子我会好过一些。我唯一可以为自己辩解的是：我撒谎不是出于一己私利。

从我们在火车上相识说起吧。那时我很担心贝拉——她奋不顾身地爱上了杰克·雷诺，为此不惜被践踏尊严。他后来开始变心，来信越来越少，贝拉为此忧心忡忡。她猜他是看上了别的女孩，显然，之后的事实证实了她的预感。她决定到梅林维尔别墅去找他。她知道我不赞同她的做法，就趁我不注意的时候溜掉了。到加来港时，我发觉她不见了，于是决定不找到她誓不回英国。我很焦虑，总觉得如果不能阻止她，会有不好的事情发生。

我等着从巴黎开来的下一班火车。她就在火车上，打算换车赶往梅林维尔镇。我拼命劝阻她，可她半句都不听。她情绪激动，执意前往。那好，由她去吧，我已经尽心了！天色已晚，我找旅店住宿，贝拉去梅林维尔。我仍然摆脱不了"大祸临头"的感觉——就像书中描述的情节似的。

第二天，我约好和贝拉在旅店会合，可是她食言了。一整天我连她的影子都见不到，我越来越担心，接着，看到晚报上登出了命案的消息。

太可怕了！我当然知道谁是凶手，但我的确怕得要死。我想贝拉可能见过老雷诺，并告诉他她和杰克的关系，而老雷诺大概会做出诸如辱骂的举动。要知道，我们姊妹俩的脾气都很火暴。

后来传出两个外国蒙面人的故事，我稍稍心安了一些。可是贝拉迟迟不出现，我依旧为此担心。

第三天早上，我坐立不安，想着一定要去看看才行。然后，我就遇见了你，接下来的情形你都知道了……我看到死者和杰克长得很相像，又穿着杰克的那件花大衣，我顿时明白了！还有杰克送给贝拉的裁纸刀——邪门的小玩意儿，我猜想很可能还带有贝拉的指纹。当时我的恐惧无法向你言表。我只知道一件事——我必须拿到那把刀子，然后趁大家不注意开溜。于是，我假装晕倒在地，你去倒水时，我抓起那东西藏在身上。

我告诉你我住在"灯塔旅社"，但其实我直接回到加来港，立刻乘轮渡赶往英国。渡船走到英法海峡中间，我把小刀子扔进了海里，这时我才松了一口气。

贝拉原来已经回到了我们伦敦的寓所，她看上去有点怪。我把我所做的告诉了她，还说她目前很安全。她瞪着我，开始大笑，狂笑，笑声有点恐怖！我想目前最好的办法就是找点儿事做，她若闲下来回味那些事，会发疯的。幸运的是，我们刚好获得了表演邀约。

那天晚上，我注意到你和朋友盯着我们，我着急起来。一定是你们起了疑心，要不然你们不会追查到我们这儿。即使是最糟糕的消息，我也必须了解，于是就跟踪你，我别无他法。还没等我开口，就在无意中发现你怀疑的是我，不是贝拉！或者是你把我当成了贝拉，因为刀子是我偷的。

亲爱的，但愿你能体会我当时的心情，这样或许可以让你原谅我——我吓坏了，糊里糊涂，已经顾不了那么多了。有一点我可以确定，那就是你会设法救我，可你愿不愿意救贝拉，我就不知道了。我猜大概不会吧，毕竟不是一码事！我不能冒险，贝拉是我的孪生姊妹，我必须想尽办法营救她！所以我接着撒谎，我觉得自己很无耻——至今还是如此。整件事情就是这样。我想你会说，这样就够了。我本该相信你，如果我能——

报上一登出杰克·雷诺被捕的消息，事情就暴露了，因为贝拉肯定不会袖手旁观的……

我很疲倦，就此搁笔。

她先署名"灰姑娘"，后来又画掉，改为"达尔西·杜维恩"。

那封信充满语病、字迹模糊，但我至今仍保留着。

我读信时，波洛就在我旁边。信纸从我手上飘落，我们隔桌相望。

"你一直知道她们是两个人？"

"是的，朋友。"

"那你为什么不告诉我？"

"首先，我没想到你会犯这种错误。照片你也看到了，她们姊妹俩虽然很像，但也能看出不是同一个人。"

"可是那头金发？"

"是假发，舞台上用的，为了增加生动效果。孪生姐妹怎么可能一个金发，一个黑发呢？"

"那天晚上，在考文垂的旅馆里，你为什么还不对我如实相告？"

"朋友，你独断专行。"波洛淡然地说，"我可是一点儿说话的机会都没有。"

"那后来呢？"

"后来呢，首先，你不信任我，我觉得伤心。而且我想看看你们的感情能否经得住时间的考验，看你们是真心相爱，还是昙花一现的冲动情感。我本不该看着你一直犯错的。"

我点了点头，他说得很真诚，让我生不起气来。我低头看看信纸，突然从地板上捡起来递给他看。

"你看看吧，"我说，"我希望你能看看这封信。"

他默默读完信，然后抬头看我。

"你到底忧心什么呢，黑斯廷斯？"

波洛和以前说话的语气有所不同，他那嘲讽的口吻一扫而空，使我轻松地说出了心里话。

"她没说……没说到底喜不喜欢我！"

波洛把信还给我。

"我想你错了，黑斯廷斯。"

"怎么错了？"我急切地探身向前，问道。

波洛笑一笑。"朋友，这封信里的每一句话都洋溢着爱意呢。"

"可我到哪里去找她呢？信上没有地址，只有一个法国邮戳。"

"别着急！这个交给老波洛，只需五分钟，我就能帮你找到她。"

第二十七章 杰克·雷诺的陈述

"杰克先生，恭喜了！"波洛热情地拉着那青年的手说。

年轻的雷诺一被释放，没去梅林维尔去看玛尔特和他母亲，而是先前来探望我们。斯托纳陪着他一同前来。斯托纳的健硕体格和雷诺的憔悴容貌形成了强烈反差。年轻人的精神濒临崩溃，他苦笑了一声，凄然地说："我的所作所为都是为了保护她，现在都落空了！"

"你不会觉得那女孩真的会让你为她舍命吧？"斯托纳淡然说，"看你为她奔赴刑场，她肯定会出来自首的。"

"说实在的，你真的一路奔赴刑场呢。"波洛眨眨眼说，"再这样下去，法律顾问葛罗西会被你气死，你的良心会因此不安的。"

"他是个严肃的家伙，"杰克说，"但是他真心为我忧虑，我肯定不能把一切都告诉他。天哪！现在贝拉可怎么办啊？"

"换作是我，"波洛坦率地说，"我才不会为此担忧呢。法兰西的法庭对年轻貌美的犯人仁慈得很，对情杀案更是如此。精明的律师会找出可以减罪的因素，不过，这些你都没有兴趣——"

"说这个没用。波洛先生，你了解的，我或多或少都要对我父亲的命案负责。要没有我和这姑娘的情感纠葛，他至今还健在；再说了，我穿错了大衣，真是该死！我总觉得他的死我有很

190

大责任，这将让我一辈子不得安宁！"

"不，别这样想。"我安慰道。

"当然，想到贝拉杀死我父亲，真的让我很恐惧。"杰克接着说，"但是我不应该那么对她。我遇到玛尔特并意识到自己犯了错后，理当致信如实相告。可我害怕争吵，也担心事情会传进玛尔特的耳朵，让她联想到本来没有的事儿。所以……唉，我真是个懦夫，总希望一切会慢慢平息。事实上，这样反而让可怜的女孩伤心欲绝。她要是真想把我杀死，也是我自找的。现在她出来自首，得要多大勇气啊。你知道，我真是诚心代她受过。"

沉默了一会儿，他突然想起另一件事。

"我真搞不懂父亲为何在半夜那个时刻，穿着内衣和我的外套到处走动。我猜想他已逃出了外国恶棍的手心。我母亲一定是弄错了，以为歹徒来的时候是两点钟。这应该不是谎报吧？还是……还是我母亲以为是我干的？"

波洛立刻向他保证。

"不，不，杰克先生，这点你大可不必担心。余下的事情我改日再向你解释，有些离奇。那个不幸的晚上到底发生了什么，你能否说给我们听听？"

"其实也没什么可说的。我告诉过你，我从瑟堡回来，想在远航前和玛尔特见上一面。火车晚点了，我决定从高尔夫球场抄个近路，从那边很容易就能到玛格丽特别墅的花园。我快要到那儿的时候——"

他停了停，咽了口唾沫。

"接下来发生了什么？"

"我听到一声恐怖的怪叫，声音低沉，有点像是喘气或窒息，我吓坏了，呆立在那里好一会儿。醒过神来之后，我绕过灌木丛，那晚正好有月光，我看到一座坟墓，有个人趴在里面，背上插着一把刀子。然后，然后我抬头正好看见她。她一看到我，像见了鬼似的，脸上表情都僵住了。她可能以为坟墓里那具尸体是我吧。接着她大叫一声，转身就跑。"

他停住，努力抑制自己的情绪。

"然后呢？"波洛轻声问。

"我真的蒙住了，恍惚了一阵儿，觉得最好赶紧离开。我从来没想到他们会怀疑我，我是担心法庭传我去指控她。我走到圣博韦，在那儿叫了辆车回瑟堡。"

这时有人敲门，一个男童送来一封电报，递给斯托纳。他拆开来，站起身说："雷诺夫人已恢复知觉。"

"啊！"波洛噔地站起来，"我们立即赶到梅林维尔镇！"

大家匆忙启程。斯托纳受杰克之托，答应留下来营救贝拉·杜维恩。

波洛、杰克·雷诺和我一起乘着雷诺的车子出发。

汽车开了四十多分钟，就快到玛格丽特别墅了。杰克·雷诺有些犹疑，他向波洛征询："你们先去怎么样？告诉我母亲我已经被释放……"

"你则亲自告诉玛尔特小姐是吗？"波洛眨眨眼，替他解释说，"好，就这么办。我本打算劝你这么做呢。"

杰克·雷诺迫不及待，车子还没停稳就跳下车去，沿着小路直奔玛格丽特别墅。我们继续坐车到达热纳维耶芙别墅。

"波洛，"我开口道，"还记得我们第一次来这里的情形吗？以及怎么听见雷诺先生遇害的消息？"

"啊，记得啊。虽然时隔不久，可是这短短几天来发生了好多事情。对你来说更是如此，我的朋友！"

"是的，的确。"我叹了口气。

"黑斯廷斯，你是从感性的角度看待问题，但我不是。我们都希望贝拉小姐判得轻一点，但杰克·雷诺毕竟不能同时娶两位姑娘。从专业角度看，这起案件没有侦探们欣赏的巧妙设计。乔治·科诺设计的场景真的非常完美，可那结局——一个男人被一个愤怒的女孩误杀，啊，说真的，这哪有设计、方法可言？"

听到这个古怪的观点，我笑了起来。这时，弗朗索瓦丝把门打开了。

波洛说要立刻去见雷诺夫人，老女仆就带他上楼去了。我在客厅等着。过了一段时间，波洛才下来，他的神情极其凝重。

"你在这儿，黑斯廷斯。马上又要不太平了！"

"此话怎讲？"我喊道。

"我简直难以置信，"波洛若有所思地说，"女人真让人捉摸不透。"

"杰克和玛尔特·多布罗尔来了。"我看看窗外叫了一声。

波洛赶紧出去，在台阶上堵住年轻的恋人。"别进去，最好不要进去，你母亲的情绪很反常。"

"我知道，我知道。"杰克·雷诺说，"我必须马上见她。"

"不，我告诉你，最好别去。"

"可是玛尔特和我——"

"你若非上楼不可，那就去吧，无论如何都别带小姐进去。你最好听我的劝告。"

楼梯上忽然传来响动，把大家吓了一跳。

"谢谢你的好意，波洛先生，可是我要把话说清楚。"

我们诧异地看到，雷诺夫人头上裹着绷带，被莱奥妮搀扶着走下楼来了。法国女仆一直哭着求女主人回床上去："夫人，要听医生的，这样你会送命的！"

但雷诺夫人不管不顾，径直走下楼来。

"妈妈。"杰克迎上前去喊。

她做了个手势，要他走开。"我不是你妈妈，你也不是我儿子！从今天起，从这一刻起，我和你断绝母子关系。"

"妈妈！"年轻人吓得有点发呆。

听到他带着痛苦的声音，雷诺夫人有些迟疑。波洛作势想要上前调停，但她马上又重新下定狠心。

"你背着你父亲的血债，从道义上说，你对他的死负有责任。你为这个女孩和他闹翻，又狠心抛弃另一个姑娘，害你父亲跟着冤死。现在就滚出家门！明天我要采取措施，家里的财产你一分也拿不到。你跟着和你父亲不共戴天的仇人的女儿过去吧！"

她慢慢转回身，痛苦地走上楼梯。

这一幕我们完全没有料到，大家都愣在那儿。杰克·雷诺经过诸多变故，身心俱疲，这会儿摇摇晃晃，差一点晕倒。波洛和我连忙过去扶着他。

"他承受不住了，"波洛对玛尔特说，"我们带他去哪儿呢？"

"只有回我家了，去玛格丽特别墅。我和妈妈会照看他的，可怜的杰克！"

我们把年轻人送到别墅，他昏昏沉沉地跌坐在椅子上。波洛摸摸他的头和手。

"他发烧了。这段时间来他太紧张了，再加上这个打击……快扶他上床吧，我和黑斯廷斯去请医生。"

不一会儿，我们就把医生请来了。他为病人做了诊断，认为只是精神紧张导致的，需要好好休息，保持平静，明天就会缓过来；但是再受刺激的话，可能会患上脑膜炎。最好有人整夜看护着他。

我们尽可能把他安顿好，并决定把他交给玛尔特母女照顾，然后就赶往梅林维尔镇。那会儿已经过了吃饭的时间，我们俩都饿坏了。我们找到一家饭店，先吃了些香喷喷的煎鸡蛋充饥，然后又来了点同样好吃的牛排。

"现在该找过夜的地方了，"当我们喝完咖啡后，波洛提议，"要不要再去看看老地方'灯塔旅馆'？"

我们随即赶往那里。正巧，有两间海景房给我们预备着。

波洛这时忽然提出了一个叫我惊讶的问题。

"有一位英国女客罗宾逊小姐到了吗？"

"到了，先生。她在小厅里。"旅馆服务生回答。

"好！"

"波洛，"当他沿着走廊过去时，我紧跟着上去，问他，"罗宾逊小姐是哪位啊？"

波洛满面春风地看着我说："黑斯廷斯，我给你安排了一门亲事。"

"可是我……"

"嗨！"波洛亲切地推我过门槛，"你认为我在梅林维尔愿意张扬杜维恩这个姓氏吗？"

啊，真是灰姑娘。我双手紧紧握住她的手，一切尽在不言中。

波洛咳嗽了两声。

"孩子们，"他说，"我们暂时没有时间谈情说爱，还有工作要做呢。小姐，我交代你的事，你完成了吗？"

灰姑娘从手提袋中拿出一个纸包，一言不发地递给波洛。波洛打开来，我吃了一惊——居然是她自称已扔进大海的那把刀子。女人总是舍不得毁掉最害人的物件，真是让人捉摸不透。

"孩子，好极了！"波洛说，"我对你很满意，现在休息去吧。我和黑斯廷斯还有事要办。你明天会再见到他的。"

"你们要去哪里？"灰姑娘睁大眼睛问。

"明天会把一切都告诉你。"

"你们去哪儿，我就去哪儿。"

"可是小姐……"

"我说过了，我也要去。"

波洛见自己再争下去也没有用，就让步了。

"来吧，小姐。接下来不会有趣的，说不定什么事都没有。"

女孩没搭理这些。

二十分钟后，我们出发了。当时天色已黑，天气很闷。波洛带我们走出城区，向热纳维耶芙别墅的方向走去。但是到了玛格丽特别墅，他停下脚步。

"我想看看杰克·雷诺是否安好，也好放心。黑斯廷斯跟我来，小姐就在外面等着吧，多布罗尔夫人可能会出口伤人。"

我们打开大门，踏上小路。当我们绕过房子的一侧时，我让波洛看二楼的窗子——玛尔特·多布罗尔的侧影清晰地映在窗帘上。

"哈！"波洛说，"我猜杰克就在这间房里。"

多布罗尔夫人为我们开了门。她说杰克跟我们下午走的时候差不多，我们最好亲自去看看。她带我们走进楼上的卧室。一张桌子旁，玛尔特·多布罗尔正在灯光下刺绣。当她看到我们进去时，把手指贴在唇上示意我们小点声。

杰克·雷诺睡得不太踏实，辗转反侧，脸色异常发红。

波洛低声问道："医生还来不来？"

196

"不，除非我们去请他。杰克睡着了，真是个好消息。妈妈刚才煮了点药给他喝了。"

我们走出房间时，她又坐下来刺绣。多布罗尔夫人把我们送下楼去。由于得知她的过去，我饶有兴趣地打量她：她站在那儿，低眉顺目，嘴角挂着令人捉摸不定的笑意。我突然感到很恐惧，像是看到一条斑斓的毒蛇。

她把我们送出门外时，波洛彬彬有礼地说："夫人，但愿没有打搅到您。"

"一点也不，先生。"

"对了，"波洛似乎突然想起来，"今天斯托纳先生有没有来过梅林维尔？"

这句话让我摸不着头脑，也许是波洛随口问问罢了。

多布罗尔夫人神色自若地回答："我怎么知道。"

"他和雷诺夫人会面了没有？"

"先生，我怎么会知道？"

"也是。"波洛说，"我以为你可能会看到他经过。那就没什么了，晚安，女士。"

"这是何意？"我问他。

"黑斯廷斯，先别问，以后有的是时间发问。"

我们和灰姑娘会合后，赶紧向热纳维耶芙别墅走去。波洛回首看着透出灯光的窗户以及玛尔特低头刺绣的侧影。

"无论怎样都有人守着他。"

到了热纳维耶芙别墅，波洛就守在车道左边的灌木丛后面，在那里我们什么都看得清清楚楚，别人却看不到我们。整幢别墅黑漆漆的一片，毫无疑问，里面的人都进入了梦乡。

我们大概就在雷诺夫人的卧室窗户下面，我注意到那个窗子是开着的，波洛的双眼一直盯着那里。

"接下来我们要做什么？"我小声问。

"守着。"

"这……"

"我想一两个小时内不会有动静，但是——"

他的话被一阵长而微弱的"救命"声给打断了。

别墅二楼右侧有个房间亮起灯光，叫声就来自那里。我们把目光转过去，窗帘上映出两个人打斗的身影。

"该死！"波洛叫道，"她一定换了房间！"

他快速跑上前去，发疯似的拍打前门。然后又冲向左侧花坛中那棵大树，像猫一样爬了上去，我也跟上去。他一纵身从开着的窗口跳进了屋子。我回头一看，达尔西跟在我后面，攀上了另一根树干。

"小心点儿！"我叫惊呼。

"你才要小心呢！"她反驳我，"对我来说，这是小孩子的把戏。"

波洛穿过空房，猛撞屋内通往走廊的门。

"门从外面锁上了，"他咆哮道，"撞开要花不少工夫。"

呼救声明显变弱了。我看到波洛眼神中充满绝望，我们一起合力用肩去撞门。

窗口那边传来灰姑娘冷静的声音："你们来不及的，现在只能靠我了。"

我还来不及阻拦，她就跳到半空中。我冲出去，发现她双手扒着屋檐，身子悬着，两手交替往有灯光的房间移动。

"我的天，她会摔死的！"我叫道。

"你别忘了，她可是专业杂技演员，黑斯廷斯。真是上帝保佑啊，让她坚持与我们一起过来。但愿她能及时赶到！"

当女孩的身影从窗口消失的时候，一声恐怖的叫喊由夜空传来，接着是灰姑娘银铃般的嗓音。

"不，没用的，我抓到你了，从我手里跑掉可没那么容易。"

这时候，弗朗索瓦丝小心翼翼地打开了我们这扇门，波洛一把将她推开，沿着走廊冲到另一头的一个房间门口，一些女仆挤在门外。

"先生，门从里面反锁了。"

屋内突然有物体重重跌落的声音。不一会儿，钥匙转动，门慢慢打开了。灰姑娘脸色惨白，让我们进去。

"她没事吧？"波洛问道。

"没事，我及时赶到了。不过她累虚脱了。"

雷诺夫人半坐半躺在床上，一直喘粗气。

"差一点把我勒死。"她痛得低声说道。

女孩从地板上捡起一样东西交给波洛。那是一条卷着的丝质绳梯，很细但很结实。

波洛说："在我们敲门时，她想爬窗逃走。这是逃生的工具。人在哪儿呢？"

少女一侧身，指了指地板，那里躺着一个身着黑衣的人影，衣服的一角把脸遮挡住了。

"死啦？"

她点点头。

"我想是吧。一定是脑袋撞到火炉旁的大理石护栏上了。"

"那是谁？"我叫道。

"黑斯廷斯，她就是杀害老雷诺的凶手，也差点杀死雷诺夫人。"

我非常困惑，于是蹲下来掀开挡着的衣角，映入眼帘的竟是玛尔特·多布罗尔那张毫无生气的美丽脸庞！

第二十八章 旅途终点

那天晚上之后的情形，我记不太清楚了。我一再问，波洛充耳不闻，他一直在责怪弗朗索瓦丝没把雷诺夫人换房间的消息告诉他。

我扳着他的肩膀，一心想让他注意听我说。

"但你应该知道吧。"我劝道，"今天下午你不是上楼见过她了吗？"

波洛总算注意到了我。

他辩解说："我见她时她坐在沙发上，是由别人把她推出来的。"

"先生，凶杀案后夫人就换了房间！"弗朗索瓦丝说，"在那间房子引起的各种记忆多么痛心啊！"

"那为什么不告诉我？"波洛敲着桌子，非常恼怒地质问，"我问你——为什么——不——告诉我？你真是个老蠢货！莱奥妮和丹尼丝也好不到哪儿去。你们三个蠢货，你们的蠢劲儿差点把女主人害死，要不是这个勇敢的女孩——"

说到这里，他突然停下来，冲过去给正在俯身照顾雷诺夫人的灰姑娘一个热烈的拥抱，这未免让我有些气恼。

波洛呵斥我赶紧去给雷诺太太请医生，一下子使我从胡思乱想中惊醒。他接着又吩咐说，请完不妨再去喊警察。

他嫌我不够生气，又加了几句。

"反正你回来也没用。我太忙，没工夫理你。至于小姐，就留在这里当护士吧。"

我带着可怜的尊严离开了。办完事后，我就回旅馆休息去了，后面的事情我无从得知。那晚发生的变故实在离奇，不可思议，但没有人给我答疑解惑，甚至像没听见我说话似的。我气呼呼地一头倒在床上，又困又累，一会儿就睡着了。

醒来时，阳光透过敞开的窗子斜射进来，波洛穿戴整齐，笑容可掬地坐在我床边。

"你可算醒了！黑斯廷斯，你真能睡啊！你知道吗？现在都快十一点了！"

我呻吟一声，用手摸摸头。

"我一定是在做梦。"我说，"你知道吗？我竟然梦见我们在雷诺夫人的房间发现了玛尔特·多布罗尔的尸体，还梦见你说她是杀害老雷诺的凶手。"

"你不是做梦，这都是真的。"

"啊！雷诺先生不是贝拉·杜维恩杀的吗？"

"哦，不是的。黑斯廷斯，不是她！她之所以说自己是凶手，是怕心上人被判死罪。"

"什么？"

"记得杰克·雷诺的描述吧。他们俩同时抵达现场，都以为对方是凶手。女孩恐惧而意外地瞪着他，然后尖叫着跑开了。后来她听说他因此被捕入狱，就于心不忍，说是她干的，免得他被处死。"

波洛仰躺在椅子上，双手像平常那样交叉在一起。

"我一直对这个案子不太放心。"他评判说，"我一直认为我们对付的是一件冷静的、有预谋的犯罪，真凶非常巧妙地用雷诺先生自己的计划来误导警察。记不记得我曾经对你说过，罪大恶极的凶手，所用手法一般都非常单纯。"

我点点头。

"按照这个理论推断，凶手必须对老雷诺的计划了如指掌。这样的话，我们首先想到了雷诺夫人，但对她的猜测所有的依据都站不住脚。还有没有其他人可能得知老雷诺的计划呢？有。我们听到玛尔特·多布罗尔亲口说她听见了雷诺先生和流浪汉的争吵。如果她能听到这件事，那同样也可能听到别的事，尤其是雷诺夫妇坐在长凳上商讨计策的事。他们这么做太不明智了！记得吗？你在那儿偷听玛尔特和杰克的谈话是多么轻而易举。"

"可是玛尔特要杀雷诺先生有什么动机呢？"我争辩道。

"什么动机？钱啊！老雷诺可是个百万富翁，他死后一半的财产会分给儿子，至少她和杰克是这么认为的。我们就从玛尔特·多布罗尔的角度重新组织一下整个事件。

"玛尔特·多布罗尔有意或无意中听到了雷诺夫妇的谈话。案发前，他是多布罗尔母女稳定的经济来源，可是现在他打算摆脱她们。刚开始，她可能只是不让他开溜，后来却起了歹心。她真不愧是珍妮·贝罗迪的女儿，这个念头一点儿也没吓住她！再加上当时雷诺先生一直阻挠她和杰克在一起，杰克要是违背父亲的意愿，就会变成穷光蛋——这可不是玛尔特小姐希望看到的。说实话，我怀疑她是否爱过杰克·雷诺一分一毫。她可以故作柔情似水，实际上她却和母亲一样，头脑冷静而又工于心计。我想她对那个年轻人也不是真有把握。她是把他迷住了、俘虏了，可是一旦他父亲下令让他们分开，她或许就会失去他；相反，老雷诺要是一命呜呼，杰克就可以继承百万家产的一半，婚礼也能如其所愿立刻举行，她将一夜暴富——不必再惦记着老雷诺那可怜的几千英镑。这件事在她聪明的大脑里一过，就变得极为简单了。雷诺先生正在设计他假死的种种情境——她只要在恰当的时刻出现，把这出闹剧变成现实就可以了。另一个让我想到玛尔特·多布罗尔的就是那把裁纸刀。杰克·雷诺定制了三把纪念品：一把送给母亲，一把送给贝拉·杜维恩，那第三把不就很可能送给了玛尔特·多布罗尔吗？

"所以，总结起来，一共有四点对玛尔特·多布罗尔不利：

"一、玛尔特·多布罗尔可能偷听了雷诺先生的计划。

"二、玛尔特·多布罗尔有导致雷诺先生死亡的直接动机。

"三、玛尔特·多布罗尔是声名狼藉的贝罗迪夫人的女儿。在我看来，虽然那关键的一刀是乔治·科诺刺下去的，但是从道义上和实际上来说，贝罗迪夫人才是杀害她丈夫的凶手。

"四、除了杰克·雷诺，玛尔特·多布罗尔是唯一有第三把裁纸刀的人。"

波洛停下来，清了清喉咙。

"当然，我听到还有另一个女孩贝拉·杜维恩的存在时，我认为她也很有可能杀死雷诺先生。但我对这个结论并不满意。就像我跟你说过的那样，黑斯廷斯，像我这样的专家，喜欢遇到一个势均力敌的对手。然而，一个人应该客观地对待案件，而不是听凭自己的意愿。贝拉·杜维恩手里握着纪念裁纸刀到处走来走去的可能性不大，不过当然了，她一直想报复杰克·雷诺。当她站出来自首的时候，似乎一切都结束了，然而，我并不满意，朋友，我不满意……

"我再一次细致地回顾这件案子，得出了和从前一样的结论。如果不是贝拉·杜维恩，那么可能犯案的就只有玛尔特·多布罗尔。但是我没找到任何对她不利的证据！

"然后你给我看了达尔西小姐写给你的信，我从中看到了一个可以一劳永逸地解决问题的机会。原先的裁纸刀已经被达尔西·杜维恩偷走并扔进大海里去了——因为她以为那是她妹妹的。但是如果——万一——不是她妹妹的，而是杰克送给玛尔特·多布罗尔的那把，那么，贝拉·杜维恩的那把裁纸刀肯定原封不动地待在那儿呢。我什么都没跟你说，黑斯廷斯（还不是让你谈恋爱的时候），就直接去找了达尔西小姐，把我认为必要的话告诉了她，并让她在她妹妹的东西中找一下。当她带着那件珍贵的纪念品、以罗宾逊小姐的名义找到我（根据我的指示）的时候，你可以想象我该有多得意啊。

"与此同时，我采取行动，逼迫玛尔特小姐露出真面目。雷诺夫人听从了我的计划，赶走了她儿子，并宣布次日另立遗嘱，剥夺他继承他父亲遗产的所有权利。这是置之死地而后生的一招，但也是必要的，而且雷诺夫人对即将面临的危险已经做好了充分的准备，可是不巧，她没有告诉我她换房间的事。我猜她肯定是认为我早就知道了。一切正如我所预料的那样，为了得到雷诺的庞大家产，玛尔特大胆地赌了最后一把——并且失败了！"

"有一点我不明白，"我说，"她是怎么躲过我们的眼睛进入房间的？这简直就是个奇迹。她留在了玛格丽特别墅，而我们则径直去了热纳维耶芙别墅，可她竟然比我们先到！"

"啊，但是她没有留在玛格丽特别墅。我们在门厅跟她母亲说话的时候，她早已从后门走了。用美国人的话说就是，她把赫尔克里·波洛'耍了一把'！"

"可窗帘上的影子呢？我们走在路上时还看到了。"

"啊，我们抬头看时，多布罗尔夫人刚好有时间跑上楼替换她女儿。"

"多布罗尔夫人？"

"是的。一个老，一个年轻，一个黑发，一个金发，可要是在帘子上弄出个轮廓，她们的外形可真是像极了。甚至连我也没有想到——我可真是个笨蛋！我还以为时间很充裕——我以为她会再晚一些再想办法进入别墅。她很有头脑，那个美丽的玛尔特小姐。"

"她的目标是杀死雷诺夫人？"

"是的，这样所有的财产就会交给她儿子。可她会布置成自杀的假象，我的朋友！在玛尔特·多布罗尔的尸体旁边，我发现一块衬垫、一小瓶三氯甲烷和一个装有剂量足以致命的吗啡的针筒。你明白了吗？先是用三氯甲烷让被害人失去知觉，然后再注射吗啡。到了第二天早上，三氯甲烷的气味就会完全消失，而注射器就掉在雷诺夫人的手边。对此，优秀的阿尔特法官会说什么？'可怜的女人！我说什么来着？她受不了大喜大悲！我不是说过，万一她精神失常，我可一点儿也不奇怪吗？最悲惨的案子莫过于雷诺案！'

"然而，黑斯廷斯，事情并没有完全按照玛尔特小姐的计划进行。首先，雷诺夫人是醒着的，并且在等她。因此少不了一番打斗。但是雷诺夫人仍然很虚弱，这是玛尔特·多布罗尔的最后一次机会。制造自杀假象的计划算是泡汤了，但如果她能用强壮的双手掐死雷诺夫人，趁我们猛敲另外一扇门的时候，用她自制的丝质小梯子溜掉，并且比我们先一步赶回玛格丽特别墅，那就很难证明她有罪了。可她遇到了对手——不是赫尔克里·波洛，而是那位有着钢铁般手腕的小特技演员！"

我把整个故事默想了一遍。

"你第一次怀疑玛尔特·多布罗尔是什么时候，波洛？是她告诉我们她听见花园吵架的时候吗？"

波洛微微一笑。

"我的朋友，你可否记得我们第一次坐车到梅林维尔的那一天吗？我们看到一个美女站在门口。你问我是否注意到一位仙女，我回答你说我只看到了一个眼神焦虑的女孩。我对玛尔特·多布罗尔的印象一直是这样的：眼神焦虑的女孩！她为什么焦虑？不是为了杰克·雷诺，因为她那时候并不知道前一天晚上杰克就在梅林维尔。"

"顺便问一下，"我大声说，"杰克·雷诺怎么样了？"

"好多了。他还在玛格丽特别墅，不过多布罗尔夫人失踪了，警方正在找她。"

"你觉得她和她女儿是一伙儿的吗？"

"我们永远也不会知道的。她很善于保守秘密，我非常怀疑警察能否找到她。"

"杰克·雷诺已经都知道了吧？"

"还不知道。"

"这对他肯定是个很大的打击。"

"当然了。可是，黑斯廷斯，我怀疑他是否真的爱着玛尔特。迄今为止，我们都把贝拉·杜维恩看成一个迷惑人的海妖，而玛尔特·多布罗尔是那个真正爱他的人。但是，如果我们反过来想一想，可能会更接近真相。玛尔特·多布罗尔是很美丽，她费尽心思成功地迷倒了杰克，可是他就是不愿意跟另一个女孩分手。他宁愿上断头台也不愿意让她牵扯进来。我有个小想法，当他知道真相的时候，肯定会惊骇至极，进而产生反感，然后他那错误的爱情也会随之枯萎了。"

"吉劳德呢？"

"他大发脾气，那家伙！不得不回巴黎去了。"

我们俩都笑了。

波洛是个当之无愧的先知。最终，医生宣布杰克·雷诺的身体已经恢复，可以知道真相了，波洛便把情况从头到尾全告诉了他。这个打击确实非常可怕，然而杰克的承受力比我们想象得要强。他母亲帮他度过了艰难的岁月，现在两个人简直如影随形。

还有一件事也浮出了水面。波洛告诉雷诺夫人，他已经知道了她的秘密，并提议不应该对杰克隐瞒他父亲的过去。

"隐瞒真相是没有好处的，夫人，勇敢一点，把一切都告诉他。"

雷诺夫人心情沉重地答应了。她的儿子得知自己深爱的父亲原来是个逃犯后，犹豫不定地提出了一个问题，而波洛立刻回答道："放心，杰克先生。别人什么都不知道。就我所知，我没有义务向警察揭发这件事。因为我办的这个案子是受你父亲所托，不是他们。最终，正义逮住了他，可别人没有必要知道他就是乔治·科诺。"

当然，本案仍有好几个疑点让警方困惑，不过波洛的解释都说得通，因此所有的质疑也都渐渐平息了。

我们回到伦敦之后没多久，我注意到波洛的壁炉架上多了一座华丽的猎犬模型。

波洛点点头，回答了我询问的目光。

"是的！我赢了五百法郎！这家伙很不错吧？我给它取了个名字叫吉劳德！"

几天之后，杰克·雷诺过来看望我们，神色毅然。

"波洛先生，我是来道别的。我马上就要坐船去南美了。我父亲在那儿有个大公司，而我也想去那儿开始新的生活。"

"你一个人去吗，杰克先生？"

"我妈妈跟我一起去——我会继续请斯托纳做我的秘书。他喜欢偏僻的地方。"

"还有别人跟你一起吗？"

杰克脸红了。

"你是说？"

"一个深爱你的女孩，愿意为你献出生命。"

"我怎么能去要求她呢？"男孩含混地说，"毕竟发生了这么多事，我怎么能去找她——哦，我要对她说什么蹩脚的故事啊？"

"女人对于消化这样的故事向来都很有天赋。"

"是的，但是——该死的，我真是个傻瓜。"

"我们都是的，在不同的场合、不同的情况下。"波洛说得很有哲学意味。

但是杰克脸色僵硬。

"还有一件事。我是我父亲的儿子，知道了这一点，谁还会嫁给我？"

"你说你是你父亲的儿子，黑斯廷斯可以告诉你，我是相信遗传的……"

"好吧，那么——"

"等我说完。我知道有个女人，一个勇敢、坚韧的女人，心中有伟大的爱，能做出伟大的自我牺牲……"

男孩抬起头，目光变得柔和起来。

"我母亲！"

"是的。你是你父亲的儿子，也是你母亲的儿子。去找贝拉小姐吧。告诉她一切。别隐瞒——看她会说些什么！"

杰克一副犹豫不决的样子。

"看她的时候别像个小孩子，要像个男人那样——不得不接受过去的命运和今天的命运，但是仍然期待美好的新生活，并请她跟你一起分享。你可能没有意识到，可你们对彼此的爱已经浴火重生、不可分割了。你们都愿意为对方牺牲自己的生命。"

那么，阿瑟·黑斯廷斯上尉，本故事谦虚的记录者，后来又怎样了呢？

有人说他跟着雷诺一家人漂洋过海去经营牧场了，但是作为故事的结局，我宁愿回到热纳维耶芙别墅花园的那天清晨。

"我不能叫你贝拉，"我说，"因为这不是你的名字。可是达尔西听起来似乎有些陌生。所以，还是叫你灰姑娘吧。你记得吗，灰姑娘嫁给了王子。我不是王子，可是——"

她打断了我的话。

"我可以肯定灰姑娘警告过他！要知道，她不可能变成公主，毕竟她只是一个小小的婢女——"

"这次轮到王子打断你的话了。"我插嘴道，"你知道他说了什么吗？"

"不知道。什么？"

"'见鬼！'王子说完，就吻了她。"

然后，我把这句话变成了行动。

图书在版编目（CIP）数据

高尔夫球场命案 /（英）阿加莎·克里斯蒂著；张乐敏译 . 2 版 . 北京：新星出版社，2022.7（2023.1 重印）

ISBN 9787513339551

Ⅰ.①高… Ⅱ.①阿… ②张… Ⅲ.①侦探小说－英国－现代 Ⅳ.① I561.45

中国版本图书馆 CIP 数据核字（2022）第 091848 号

午夜文库

谢刚 主持

高尔夫球场命案

［英］阿加莎·克里斯蒂 著；张乐敏 译

责任编辑：王 欢　　　　　**统筹编辑**：王 欢
责任校对：刘 义　　　　　**责任印制**：李珊珊
封面插图：宣 和　　　　　**装帧设计**：周伟伟

出版发行：新星出版社
出 版 人：马汝军
社　　址：北京市西城区车公庄大街丙3号楼　　100044
网　　址：www.newstarpress.com
电　　话：010-88310888
传　　真：010-65270449
法律顾问：北京市岳成律师事务所

读者服务：010-88310811　　service@newstarpress.com
邮购地址：北京市西城区车公庄大街丙 3 号楼　　100044

印　　刷：北京美图印务有限公司
开　　本：910mm×1230mm　　1/32
印　　张：7.375
字　　数：101千字
版　　次：2022年7月第二版　　2023年1月第二次印刷
书　　号：ISBN 9787513339551
定　　价：42.00元